MIRAGE FATAL

Du même auteur :

« Tirez sans sommation ! »
« Rouge Baltic »

PAT CARTIER

MIRAGE FATAL

Une enquête du détective Tom Randal

Roman

© 2023, Pat Cartier
Édition : BoD – Books on Demand, info@bod.fr

Impression : BoD – Books on Demand, In de Tarpen 42,
Norderstedt (Allemagne)

Impression à la demande
ISBN : 978-2-3222-3019-8
Dépôt légal : Avril 2023

à Al Oural, qui se reconnaîtra…

Tous les personnages et toutes les situations de ce roman relèvent de la seule imagination de l'auteur.
Toute ressemblance avec une personne vivante ou ayant vécu serait purement fortuite.

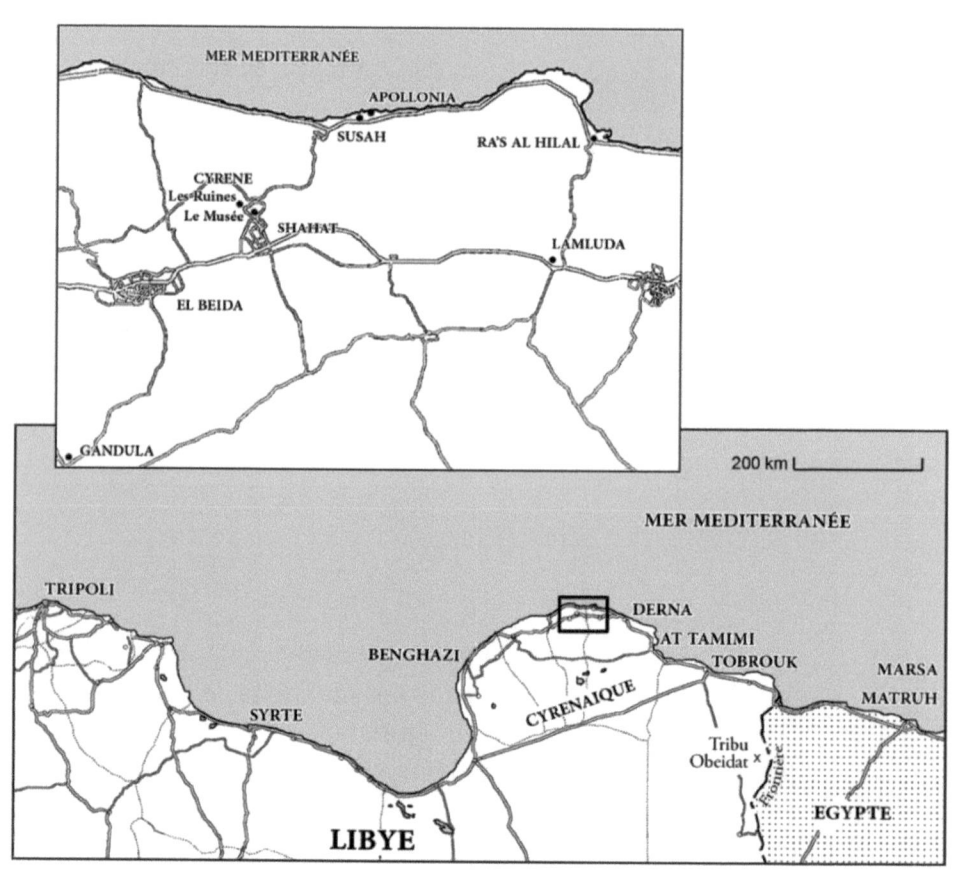

1

Tom Randal a réussi, en ce début de soirée, à se perdre dans les allées de cette salle du Louvre qui héberge une exposition privée consacrée à la Libye: cette nocturne a attiré hommes d'affaires, journalistes, intermédiaires, chacun venant avec une idée bien précise dans la tête…

Les mains dans les poches de la tenue décontractée qu'il portait déjà cet après-midi, il soupire, où diable se renseigner ? ah ! voici un gardien :

— Excusez-moi, où se trouvent les stands des sponsors ?

— Vous êtes à l'opposé, il vous faut traverser tout le hall, prenez cette allée, là.

— Merci bien.

Tom se remet en route, au passage il commence à s'intéresser, les sens en éveil, aux détails de l'expo. Le patrimoine culturel de la Libye est bien mis en valeur, mais Tom n'a plus en tête l'histoire de ce pays âprement convoité dans le passé. Les statues grecques sont très belles, tout comme les larges photos des ruines romaines le long de la côte, Sabratha, Leptis Magna et Cyrène. Les dunes du désert du Fezzan ont des courbes majestueuses. Tout cela lui fait regretter que les visites touristiques dans ce pays soumis à une guerre civile larvée ne soient pas vraiment d'actualité.

Il parvient jusqu'au stand du sponsor qu'il cherchait, la société Apollonia, une entreprise de 1.200 personnes dans le secteur du parapétrolier, dirigée par Bernard Dampierre. Sa secrétaire personnelle, Fanny, aperçoit Tom, elle lui fait signe de monter sur le stand. Elle est menue et vêtue strictement, tenue de travail oblige, mais il se dégage d'elle une énergie communicative, Tom la trouve vibrionnante :

— Bonsoir Tom, merci d'être passé me voir.
— J'ai eu ton message par Twiggy, ma secrétaire que tu connais bien, n'est-ce pas ? elle m'a souvent dit que vous sortiez ensemble faire les quatre cents coups, sourit Tom.
— Quelle réputation tu me fais, Tom ! mon patron n'est pas là ce jour, il doit rentrer prochainement. En fait je voulais te voir avant même qu'il ne revienne. Il m'a parlé d'une affaire à traiter et je voudrais savoir si elle peut t'intéresser, auquel cas je te le présenterai.
— Mais là tu es occupée, comment veux-tu qu'on procède ?
— Attends-moi dans un de ces fauteuils, je me libère dans une dizaine de minutes, ensuite nous irons discuter au calme.

Tom traverse le grand stand plein de monde, la plupart des visiteurs sont scotchés, si l'on peut dire, au bar, des fauteuils restent libres. Il s'assied non loin d'un grand type format baroudeur, blond et mal rasé, qui dénote parmi les invités de cette soirée.

Au bout d'une minute ce gaillard, qui l'a vu discuter avec la secrétaire de Dampierre, lui adresse la parole :
— Vous connaissez Fanny ?
— Oui, et vous ? répond Tom avec précaution.
— Une sacrée personnalité, non ? et quelle énergie, ajoute-t-il avec un regard égrillard.
— Je ne l'ai vue que deux ou trois fois, c'est une amie de ma secrétaire, bougonne Tom.
— Ah oui ? bon, je ne vais pas vous importuner plus longtemps, mais permettez-moi de me présenter : mon nom est Thierry Galluis, je travaille pour les collectionneurs d'antiquités, et vous ?
— Tom Randal, je suis détective privé.
— Beau métier, alors à bientôt, peut-être, conclut Thierry qui soulève sa carcasse du fauteuil où il se vautrait et quitte le stand.

Tom suit du regard ce type original, il le voit faire au passage la bise à Fanny en laissant trainer sa main dans le bas de son dos, puis partir, non sans faire un petit signe de la main à Tom.

Fanny ne tarde pas à rejoindre Tom :
— C'est bon, j'ai laissé les consignes à deux collègues, de toute façon l'expo ferme dans moins d'une demi-heure, j'ai l'impression qu'il ne reste que les soiffards sur le stand, nous pouvons y aller.
— Très bien, où pouvons-nous aller nous installer pour discuter de cette affaire ?
— Pourquoi pas chez moi ? suggère Fanny, il est déjà 22 heures et ce sera plus calme, non ? j'habite rue de Seine, nous pouvons y aller à pied.

C'est une fraîche soirée de début avril, les platanes près des quais ont déjà des feuilles, les rares promeneurs sont emmitouflés. Sur le pont des Arts, Fanny prend la main de Tom :
— Il fait frisquet, non ? dit-elle en souriant.

La rue de Seine est encore très animée, les restaurants sont pleins, « c'est là, au-dessus de cette galerie d'art » annonce Fanny qui lâche la main de Tom pour prendre ses clés.

Le temps de monter les deux étages derrière Fanny, Tom a tout loisir d'admirer son dos cambré, ses fesses rebondies et ses fines jambes galbées.

Fanny habite un petit deux-pièces, ils s'installent dans le salon, Tom sur un fauteuil, Fanny sur un canapé, jambes repliées sous elle, sa jupe obligée de se retrousser un peu, Tom s'emploie à se concentrer sur l'objet de cet entretien :

— Je t'explique, lance Fanny, Bernard Dampierre, mon patron, vient d'acheter un lot d'antiquités à un marchand d'art libanais qui habite dans la région de Tobrouk, en Libye.

— Il semble apprécier la région, d'après ce que j'ai vu sur son stand.

— Ce sont deux choses différentes : dans son job, il est en contact avec des compagnies pétrolières à qui il fournit des services extérieurs dans plusieurs pays. Par ailleurs c'est un grand collectionneur et la Cyrénaïque est un endroit magnifique à ce sujet.

— Ok, je t'écoute.

— Il s'agit d'aller chercher ces antiquités qu'il a réservées, j'allais dire tout simplement, mais en Libye, dans la situation actuelle, il faut être débrouillard, il m'a demandé de chercher quelqu'un pour faire ce voyage et rapporter sa commande. Figure-toi que j'ai pensé à toi. Par Twiggy et par les journaux j'ai suivi tes enquêtes, par exemple celle en Nouvelle-Zélande, Bernard connaissait d'ailleurs un peu ce malheureux Quentin Dervaux et son épouse, ou bien celle en Suède récemment, qui avait l'air d'avoir été une sacrée embrouille !

— C'est gentil d'avoir pensé à moi, se réjouit Tom qui se fend d'un léger sourire, mais est-ce bien le travail d'un détective ?

— Bernard a envoyé, il y a deux jours, un commis avec une mallette contenant de quoi payer la commande d'antiquités. Depuis, ce commis, Salim n'est plus joignable, le marchand libanais non plus. Il faudrait peut-être commencer par retrouver ce beau monde et l'argent !

— Ah bon ! c'est déjà plus dans mes cordes, sauf que je ne connais pas ce pays.

— Ce n'est pas cela qui t'a empêché de partir en mission dans des pays lointains, je me demande si ce n'est pas cela qui t'excite ? tu es de quel signe ?

— Signe ?

— Zodiacal !

— Ah ! je ne sais pas, sagittaire, je crois.

— Voilà, tout s'explique, éclate de rire Fanny qui poursuit : ce soir je voudrais savoir si cette mission peut t'intéresser, avant que je n'en parle à Bernard.

— J'aurais une aide sur place ?

— Ah le sagittaire qui aime la sécurité ? sourit Fanny, non, je ne connais pas les détails d'une telle mission, mais Bernard te fournirait bien sûr tout le support logistique nécessaire.

— Dans ces conditions, oui, cela peut m'intéresser, annonce Tom enjoué.

— Alors fêtons cela !

D'un bond elle saute de son canapé, fonce vers un bahut d'où elle sort une bouteille de whisky ainsi que deux verres qu'elle remplit.

Tom se lève et la rejoint, prend le verre qu'elle lui tend, « sans glaçons, skol, Tom ! ». D'un trait ils vident leur verre, Fanny lui agrippe le bras, « viens, je te fais visiter l'appartement », façon de parler pour ce minuscule deux-pièces, elle ouvre la porte de la chambre, l'emmène toujours en riant jusqu'au lit contre lequel il trébuche en s'esclaffant.

Fanny se jette sur lui, déboutonne sa chemise, défait la ceinture de son pantalon, tout en se débarrassant de son propre chemisier mauve, ils n'arrêtent pas de glousser, de se trémousser jusqu'à se retrouver nus tous deux.

Fanny essoufflée s'interrompt, elle passe ses mains dans la tignasse bouclée de Tom, tandis que lui prend ses deux petits seins ronds et insolents dans ses mains, ils se jaugent un instant avant de se donner l'un à l'autre.

2

Un franc soleil réveille Tom, il sent Fanny collée contre lui et n'ose pas la tirer de son sommeil, il veut se soulever pour voir l'heure, diable déjà 8 heures 30.
Il voudrait bien se lever mais Fanny qui surgit de ses rêves se met sur lui pour bloquer toute tentative de sortie du lit.
Quelques minutes plus tard, Tom annonce qu'il va prendre une douche, Fanny le libère et le suit amoureusement du regard.

Soudain elle aperçoit l'heure sur son réveil, elle sursaute et bondit hors du lit, mais un coup de sonnette retentit, la clouant sur place. Qui cela peut-il être ? très peu de personnes connaissent son adresse, elle glisse jusqu'à la porte, un autre furieux coup de sonnette déchire le silence, elle croit comprendre, elle ouvre délicatement…
— J'ai appelé le bureau, tu n'y étais pas, tu fais la grasse matinée ? tonne la grosse voix de son patron.
— Je…

Bernard Dampierre, grand, le teint hâlé, les lunettes de soleil précocement juchées sur son nez pour un début avril, la chevelure grise magnifiquement peignée, retardant avec ténacité l'approche angoissante de la soixantaine, se tient devant elle tel la statue du Commandeur, drapé dans un long manteau de cachemire beige :

— Toujours aussi jolie toute nue, tu me tentes, s'exclame Bernard Dampierre, en admirant sa secrétaire, jeune trentenaire.

— Non, Bernard, bredouille Fanny en essayant de le maintenir sur le seuil de la porte, mais que fais-tu là, je croyais que tu étais en…

Elle doit s'interrompre car Tom vient de sortir de la salle d'eau, en sifflotant, une serviette cachant tout juste son intimité. Lui aussi s'arrête sur place, cherchant à comprendre la situation.

— Qui est ce… ? commence à articuler Bernard.

— Tu ne vas pas me faire une scène, toi ! tu sors d'où ? tu étais avec ta Japonaise, toujours et encore, attaque Fanny.

— Mais d'où sort ce type ? enfin quoi il…

— Laisse-moi maintenant, on verra tout cela ce soir, balance Fanny qui ne peut pas dire « à tout de suite au bureau »…

— Ce soir ? mais comment cela… ?

— Allez, on perd son temps, je dois aller travailler, s'exclame sans vergogne Fanny, repoussant Bernard qui, bouche bée, ne trouve rien à répliquer.

Une fois la porte close, elle reprend ses esprits face à Tom resté sur place sans rien comprendre :

— Mais enfin Fanny, qui était ce vieux beau ?

— Ah tu ne vas t'y mettre toi aussi, il s'est trompé de jour, voilà tout, n'en parlons plus, allez on s'habille et on y va, je suis en retard.
— Heureusement que ton patron n'est pas là aujourd'hui, n'est-ce pas ?
— Oui, oui, mais je dois quand même être ponctuelle tous les jours, on arrête de discuter, habille-toi.
— Quand est-ce qu'on se revoit ? j'ai de nouveau envie de toi, Fanny.

Elle ne répond pas, va chercher des sous-vêtements propres dans une commode, enfile prestement un pantalon turquoise qui trainait dans une armoire, boutonne un chemisier blanc découvert dans un tiroir, glisse ses pieds dans les chaussures de la veille, agrippe une veste et ses clés :
— Tu claqueras la porte en partant, Tom chéri, je t'appelle bientôt.
— On s'appelle, on se fait une bouffe ? propose Tom toujours presque nu, ceint de sa serviette, tel un empereur romain sortant de ses thermes.

Il n'a pas de réponse, la porte vient de claquer.

3

De la rue de Seine Tom n'a eu que quelques pas à faire pour rejoindre le comptoir de la Brasserie de l'Odéon où il avale un croissant trempé dans un café allongé accompagné d'un pain au chocolat.

Dehors le trafic du boulevard Saint Germain est intense, les piétons tentent de se faufiler entre les voitures lorsque les feux de circulation leur sont favorables.

Une belle journée se prépare, mais Tom sourit encore à la nuit passée. Il vient d'avoir 35 ans et commence à se sentir bien dans son job de détective qui lui évite toute routine.

Il n'entend ni les cris des serveurs lançant leurs commandes au bar, ni les chuchotements des couples attablés s'échangeant leurs derniers secrets avant de se quitter pour la journée de travail.

Il revient sur terre, c'est son téléphone qui l'y aide, Twiggy veut le voir d'urgence, il la rassure, il est à deux pas du bureau.

D'un pas lent, il remonte la rue de l'Odéon, l'esprit toujours ailleurs.

L'accueil survolté de Twiggy, lorsqu'il franchit le seuil de l'agence Randal, lui éclate dans les oreilles, il veut se réfugier dans son bureau, mais Twiggy le suit :
— Dis donc, Tom, tu n'as pas dormi de la nuit ?
— Pourquoi ?
— Ok, bon, passons, j'ai eu un appel de Fanny que tu devais voir hier après-midi, tu te souviens ? est-ce que tu l'as vue ?
— Oui, bien sûr.
— Bref elle a fait le rapport de votre discussion à son patron, il parait que tu es d'accord pour une mission en Libye ?
— Oui…
— C'est où exactement ? s'inquiète Twiggy.
— Euh…entre la Tunisie et l'Egypte.
— Bref, son patron veut te rencontrer d'urgence, il propose de passer te voir en fin de matinée, vers 11 heures 30. Sachant qu'il est déjà 10 heures passé, tu as intérêt à donner ta réponse vite fait pour ce rendez-vous, Tom.
— Dis-lui que c'est d'accord, approuve Tom épuisé.
— Tu sais, Fanny n'avait pas l'air très normale non plus au téléphone. D'abord j'ai cru qu'elle voulait t'avertir de quelque chose, mais en fait c'était juste ce rendez-vous.

Tandis que Twiggy calmée reprend son travail et donne des coups de fil professionnels, Tom assis sur son siège de bureau pivotant fait face à la rue, les pieds sur le rebord de la fenêtre ouverte.

Il revoit le corps de Fanny, sent encore sa peau douce, tous les vallons qu'il a explorés, il est ailleurs. Twiggy dit quelque chose depuis sa pièce mais il n'entend pas.

Le soleil se hisse péniblement au-dessus des immeubles, jetant enfin quelques rayons par la fenêtre du bureau. Tom soupire.

On sonne à la porte de l'agence. Tom est toujours face à la fenêtre, les pieds sur le bord. Twiggy se lève et va ouvrir :

— Bonjour, dit une voix tonitruante, je suis Bernard Dampierre, j'ai rendez-vous avec monsieur Randal.

— Il vous attend, Monsieur, je suis Twiggy, sa secrétaire, entrez, je vous prie.

— Je vous remercie, Twiggy, déclare Bernard, déployant son regard sur la tenue affriolante de la jeune femme, pull fin moulant une poitrine qui ne demande qu'à s'exprimer, jupe invariablement courte légèrement fendue, talons stratosphériques, coiffure blonde à la Jeanne d'Arc, maquillage léger mais audacieux, la bouche en offrande.

— Veuillez me suivre, Monsieur Dampierre, susurre Twiggy, flattée par le court hommage du regard de Bernard.

Dans sa pièce Tom émerge de ses rêveries, se rajuste, se tourne pour accueillir Bernard.

Twiggy entre et annonce « voici Tom Randal, cher Monsieur », mais elle s'aperçoit que Bernard n'a pas suivi, au contraire il est resté sur le seuil du bureau de Tom, comme foudroyé :

— Monsieur Randal est là, si vous voulez bien…avancer monsieur Dampierre, insiste Twiggy, tandis que Tom est aussi demeuré près de sa table sans chercher à se rapprocher du visiteur.

— Enchanté de vous…rencontrer, je suis… Tom Randal, finit-il par bafouiller.

— Vous êtes la seule personne que je ne voulais pas voir ce matin…déglutit Bernard.

— Je ne sais pas quoi dire, reconnait Tom qui vient de se remémorer l'homme à la magnifique chevelure grise, vêtu d'un manteau cachemire beige, c'est bien celui qui est de nouveau devant lui maintenant.

— Je ne crois pas utile de poursuivre cet entretien, coupe Bernard.

— Attendez, je vous prie, bondit Tom qui s'adresse à Twiggy : tu as une course à faire, je crois, vas-y tout de suite.

— Qu'est-ce que tu racontes, Tom ? s'inquiète Twiggy.

— S'il te plait, Twiggy, tout de suite, lance Tom.

Bernard n'a pas bougé, Twiggy roule des yeux furibonds, retourne dans sa pièce, prend son sac, son manteau et sort en claquant la porte :

— Je vous en prie, monsieur Dampierre, prenez place, je vous présente mes excuses, je ne savais pas ce matin qui vous étiez, je suis désolé pour cette situation.

— …

— Comment était cette Japonaise ? ose Tom.

— … vous…fait Bernard qui éclate de rire, vous alors, quel culot ! finalement on va peut-être s'entendre. Mais quelles sont vos intentions concernant Fanny ?

— Comment répondre ? je l'ai vue hier soir, pour la première fois si j'excepte une ou deux fois où je l'ai juste croisée quelques minutes. Nous avons passé la nuit ensemble, elle devait aller à son bureau, nous allions nous quitter, nous n'avons parlé de rien de personnel sinon.

— Bon…réfléchit Bernard du haut de ses cinquante-huit ans, nous sommes des adultes, alors passons sur cette nuit.

— Je vous remercie ! en fait Fanny avait appelé hier ma secrétaire car elle voulait me rencontrer afin de savoir si cette mission en Libye pouvait m'intéresser, je dois dire qu'elle m'intéresse…euh la mission n'est-ce pas, s'embrouille Tom qui se promet de revenir à un ton plus professionnel, je vous écoute, conclut-il soulagé de la tournure que semble prendre la conversation.

— Bien…alors je vous explique : vous savez que j'ai commandé des antiquités à ce marchand libanais qui habite à Shahat, je dis souvent « près de Tobrouk » pour fixer les idées, mais sa ville est bien Shahat, lui s'appelle Maroun Chehab. Il voulait un paiement en liquide, j'ai donc préparé une mallette contenant un million de dollars américains en grosses coupures que j'ai confiée à un individu qui m'avait été recommandé par un …, comment dire, un intermédiaire dans les trafics d'antiquités, il est bien introduit auprès des musées, des grands collectionneurs, il a pignon sur rue. Il s'appelle Thierry Galluis…

— Ah mais je l'ai croisé sur votre stand hier soir, il était assis à côté de moi quand j'attendais que Fanny finisse sa journée de travail.

— Donc ce Thierry m'a présenté un Syrien, Salim Idriss, qu'il avait déjà utilisé pour des missions confidentielles, il dit avoir toute confiance en lui. Le problème, c'est que Salim, Maroun Chehab et ma mallette sont introuvables, comme volatilisés dans la nature !

— Vous voulez donc que je retrouve ces gens et votre mallette, et que je rapporte vos antiquités ? s'inquiète Tom qui trouve la situation un peu compliquée.

— C'est exactement cela !

— Vous avez peut-être une idée de ce qui a pu se passer là-bas ?

— Non, je reconnais que la Libye est dans une situation politique très compliquée…

— Bernard, vous permettez que je vous appelle par votre prénom ?

— Bien sûr !

— Vous ne m'expédiez pas, j'espère, dans un capharnaüm sans nom ?

— Mais non, Tom, ce n'est pas pire que ce que vous pouvez lire dans les journaux, bien sûr le pays a souffert d'insécurité après la chute de Khadafi, mais il fonctionne, disons à sa façon, sourit Bernard.

— Je n'ai aucune idée de l'histoire de ce pays.

— Faisons simple : la Libye se compose essentiellement de trois provinces, dont deux côtières, à l'Ouest la Tripolitaine avec comme capitale Tripoli et à l'Est la Cyrénaïque, du nom de Cyrène l'ancienne métropole grecque, avec sa capitale Benghazi, ces deux grosses provinces étant séparées par le golfe de Syrte, région qui, avec ses terminaux pétroliers, attise, je dois le dire, toutes les convoitises. C'est d'ailleurs dans cette région de Syrte que ma société a des contrats avec les pétroliers. Je ne vous parlerai pas, plus au sud de la troisième province, le Fezzan et le Sahara, un désert où vous n'irez pas, heureusement, car il est infesté par des bandes armées incontrôlables, des trafiquants en tous genres, des passeurs avec leurs lots d'immigrants africains.

— Je vais donc rester pour ma mission plutôt le long de la côte ?

— Plus ou moins, oui, mais essentiellement en Cyrénaïque qui est contrôlée en ce moment par un ancien officier de Khadafi, le maréchal Haftar, soutenu par l'Egypte. Il y aurait peut-être aussi la milice russe Wagner qui traine par là.

— Et sinon ? veut plaisanter Tom qui trouve que le tableau s'assombrit sérieusement.

— Les Turcs, eux, sont plutôt près de Tripoli qui est aux mains des Frères musulmans, mal vus de l'Egypte. Mais votre mission ne devrait pas vous mener en Tripolitaine, je l'ai dit.

— Me voici rassuré, Bernard.

— Ah ! j'oubliais : il reste aussi près de Shahat, la ville où habite mon marchand libanais d'antiquités, notamment vers la grosse ville d'El Beïda, des petits fiefs intégristes. Bref cela pourrait ressembler un peu à un capharnaüm, c'est vrai. Au fait, Tom, savez-vous d'où vient ce mot ?

— Euh…non, balbutie Tom qui perd pied.

— Figurez-vous qu'à l'origine c'était un village de Galilée sur le lac de Tibériade.

— Heureusement que ce n'est pas par là-bas que vous m'envoyez !

— Pas d'inquiétude, ce sont juste des données à garder en tête, pondère Bernard.

— Comment dois-je tenir compte de tout cela ?

— En restant sur vos gardes et être prêt à tout, c'est votre métier, vous le connaissez bien mieux que moi, assène Bernard avec un grand sourire.

— Bon, avez-vous d'autres précisions à me donner avant mon départ ?

— Oui, votre départ est possible demain matin à Roissy pour Le Caire, votre billet vous sera donné à l'aéroport par Thierry Galluis qui s'occupera de toute l'intendance depuis Paris. Du Caire vous prendrez un vol pour Marsa Matruh, toujours en Egypte et toujours avec un billet donné à Roissy par Thierry.

— C'est noté.

— Thierry vous donnera aussi les coordonnées de Maroun Chehab à Shahat, ainsi que le code de la serrure de la mallette sans lequel, si l'on cherche à forcer l'ouverture, on déclenche la destruction totale du contenu.

— Bon à savoir… glisse Tom.

— Il vous donnera aussi mon bon de commande, la liste des antiquités, que vous devez rapporter, et enfin les détails de votre expédition : vous pourrez vous appuyer sur un guide tunisien, Karim Jerandi, plutôt petit, la barbe blanche, sa sempiternelle pipe au bec, il approche la soixantaine il est très instruit, une perle rare, je l'ai déjà rencontré, vous pourrez lui faire confiance, Thierry a travaillé plusieurs fois avec lui. Vous le retrouverez à Marsa Matruh. Il aura avec lui trois pickups Toyota Land Cruiser pour transporter les antiquités. C'est de là que vous partez en groupe pour votre expédition.

— Un vrai convoi, me semble-t-il ?

— Pour ramener les antiquités ! il y aura deux chauffeurs par véhicule, les distances sont assez longues.

— Je comprends.

— La première chose à faire sera d'obtenir à la frontière libyenne votre demande de laisser-passer que vous devrez faire valider sous vingt-quatre heures au poste de police de Benghazi.

— Très bien , je sais tout ?

— Presque, votre secrétaire avait indiqué ce matin à Fanny vos honoraires, je les triple.

— Je vous remercie.

— Une dernière chose quand même, très importante : j'ai fait coudre par Thierry dans une doublure de la mallette une puce qui émet un signal qu'on peut capter sur un récepteur GPS localisant la mallette. À cette heure la puce émet toujours, c'est pourquoi il ne faut pas attendre pour partir à sa recherche. Thierry vous remettra le GPS demain matin.

— Vous savez où apparait le signal sur la carte du GPS, actuellement ?
— Oui, du côté d'El Beïda et Shahat.
— Votre émissaire, Salim, a-t-il pu perdre la mallette ?
— Perdre ? non, il l'avait attachée à son poignet avec une chainette.
— Vous pensez que votre envoyé est toujours lié à sa mallette ? balance Tom qui commence à trouver que l'affaire sent le roussi.
— Je ne saurais vous répondre, c'est une question qui m'inquiète…
— Bien, cette fois-ci j'ai toutes les informations, ah sauf peut-être encore vos coordonnées pour pouvoir vous joindre en cas d'urgence.
— Excusez-moi, voici ma carte et toutes mes coordonnées, vous pouvez m'appeler quand vous voulez.

Tom a une question qui lui brûle les lèvres, une question qu'il vaut peut-être mieux ne pas poser maintenant. Elle concerne l'origine des pièces antiques, pourra-t-on les sortir officiellement du pays ? mais Tom pense que Bernard l'aurait informé si cela n'avait pas été le cas…

L'entretien est donc terminé, Tom se lève, serre la main de Bernard, une façon de conclure le *deal,* une franche poignée de main.

On sonne à la porte, Twiggy entre en criant « c'est moi ! », balance son sac sur sa table de travail et avance sur le seuil du bureau de Tom.
Bernard et le détective privé dévisagent Twiggy d'un air amusé :

— Décidément votre dynamisme, Twiggy, me plait beaucoup, s'exclame Bernard, j'espère que nous aurons l'occasion de nous revoir bientôt dans de meilleures conditions.

Tom raccompagne son visiteur dans l'entrée où Twiggy lui propose de signer un contrat simplifié, les honoraires journaliers, durée à déterminer, lieu : Libye.

Tandis que Bernard est penché sur ce contrat, absorbé dans sa lecture, Twiggy capte un instant l'attention de Tom et lui fait des signes muets mais éloquents, elle roule des yeux, regarde au plafond, se frappe la tempe de l'index, ce qui fait presque rire Tom qui a bien sûr décodé le message de sa secrétaire : « Tom, tu es fou ou quoi ? ne va surtout pas t'embringuer dans une telle aventure, c'est la guerre là-bas, ne te laisse pas faire, renonce, Tom, tu es… », c'est là que Bernard relève la tête, Twiggy fait semblant de terminer ses gestes en passant ses mains dans sa chevelure.
Impassible, Bernard sourit à Twiggy :
— Et vous, Twiggy, qu'en pensez-vous de cette mission ?
— Je… je ne sais pas…

Devant la porte d'entrée de l'agence du détective, la fameuse porte dont le vitrage translucide avait été fracassé lors de sa première grande enquête, Tom, préoccupé par l'inquiétude de Twiggy, ne peut s'empêcher de poser encore une fois la question à Bernard :
— Vous pensez que je suis la bonne personne pour une telle mission ?
— Je n'ai aucun doute, détective Randal ! il y aura forcément des hauts et des bas dans votre enquête, le pays n'est

pas trop stable, mais vous avez déjà prouvé, c'est votre force, que vous savez prendre les bonnes initiatives le moment venu.

Les deux hommes se serrent à nouveau la main avec un petit sourire :
— Bonne chance, n'hésitez pas à m'appeler si vous avez un problème, Thierry restera aussi à votre écoute, bonne route, Tom.

4

Le matin à Roissy, Thierry était là, grand, solide, l'air concentré, avec les billets d'avion Paris-Le Caire et Le Caire-Marsa Matruh, le boitier en plastique du GPS, et les coordonnées de Karim Jerandi, le guide tunisien, au cas où…

Il a ajouté celles du marchand d'antiquités libanais, Maroun Chehab, un maronite de 69 ans, qui habite à Shahat.

Il a précisé que Karim avait les réservations d'hôtel.

Tom n'avait pris que son sac cabine pour tout bagage, pour un voyage qui ne devrait pas excéder quelques jours, pensait-il.

Les deux hommes se sont quittés avec une solide poignée de main.

Le premier vol jusqu'au Caire a duré 4 heures et demi, ce qui a permis à Tom de s'imprégner des données du dossier.

5

Les moteurs du Beechcraft King Air 200 font un bruit d'enfer, pas moyen de se concentrer ou de lire dans ce turbo prop, heureusement le vol d'une heure depuis Le Caire se termine, l'atterrissage est prévu à Marsa Matruh dans vingt minutes.

Comme d'habitude, quand il prend l'avion, Tom s'instruit en feuilletant les brochures disponibles contre le siège face à lui.
Marsa Matruh est une grosse ville égyptienne de près de 150.000 habitants, il lit que Cléopâtre et Marc-Antoine se seraient baignés dans une piscine non loin de là. Rommel aussi, peut-être ? car la bataille a fait rage là, et jusqu'à El Alamein, que Tom a dû survoler quelques minutes plus tôt.
Les dix sièges de l'avion sont occupés, surtout par des hommes d'affaires, Tom dénote un peu dans sa tenue moitié touriste moitié baroudeur qui le rend plutôt repérable.

L'avion vire sur l'aile, Tom découvre la cité portuaire largement étendue, le pilote manœuvre les flaps, l'avion ralentit sa descente et s'approche du sol. Le pilote exécute un arrondi en cabrant l'appareil, Tom sent qu'il réduit la puissance des moteurs et relève le nez de l'avion pour augmenter la portance, un atterrissage parfait malgré un vent violent qui a secoué l'appareil et ses passagers.

Quelques instants plus tard, Tom foule le tarmac, armé de son sac cabine. De loin il aperçoit un type un peu âgé, tignasse hirsute et barbe blanche, petit et souriant, pipe solidement arrimée entre ses lèvres, qui lui fait de grands signes. Cet accueil rassure Tom qui répond par un large mouvement du bras, comme s'il retrouvait un vieil ami.

Karim Jerandi se présente, l'entraine dans le hall minuscule de l'aérogare, plus petit qu'une supérette de province, ils en sortent pour rejoindre leur chauffeur au volant d'un des fameux pickup Toyota Land Cruiser.

Karim et Tom s'installent à côté du chauffeur qui se présente « Abdelkader ! » et démarre.

Karim sourit à Tom :

— Bon voyage ?

— Oui, très bien, où allons-nous ?

— Thierry a réservé, sur mon choix, un petit hôtel en bord de mer, l'Adriatica, un hôtel historique peut-être un peu défraichi mais tranquille. Comme l'après-midi est bien avancé, il va être trop tard pour prendre la route vers la Libye.

— Quel est notre programme de demain, Karim ?

— Une longue journée de route, je pense que nous partirons vers 4 heures du matin.

— Ah bon ?

— Comme tu le sais déjà, nous avons trois pickups classiques. Nous passerons la frontière avec la Libye à Sollum, puis nous poursuivrons jusqu'à Shahat.

— Shahat, c'est là où habite le marchand libanais, Maroun Chehab ?

— Oui, il y a bien 600 kms et 8 à 9 heures de route ! Shahat est à côté de Cyrène, la fameuse cité grecque puis romaine, une source « inépuisable d'antiquités » si l'on peut dire. A une époque c'était même, je crois, la deuxième ville de l'Empire Romain, derrière Rome évidemment.

— Ce sera possible de visiter les ruines de Cyrène ?

— Je ne sais pas, sourit Karim, pourquoi pas ? mais il faudra d'abord voir si nous en aurons le temps, et puis le site est fermé, on verra bien. Thierry nous a réservé un hôtel à Susah, c'est une ville, et aussi un port, à une quinzaine de kilomètres de Shahat. Susah est sur le site de l'ancien port de Cyrène, l'ancienne ville d'Apollonia.

— Apollonia ? s'étonne Tom, qui se souvient du nom de la société de Bernard Dampierre, que Fanny avait mentionné.

— Oui, acquiesce Karim qui ne relève pas, notre groupe de véhicules se séparera à Shahat, les deux autres bifurquant pour aller à Susah se garer à l'hôtel, mais nous, nous devrons poursuivre jusqu'à Benghazi pour faire enregistrer ton laissez-passer.

— Et ce trajet jusqu'à Benghazi ? c'est long ?

— Un peu plus de 200 kms, et 3 à 4 heures de route pour y aller, donc au total au moins 6 heures de route supplémentaires, ce qui risque de nous faire arriver à Susah sans doute de nuit ! ce n'est jamais un bon plan de voyager de nuit sur les routes par ici en ce moment, on verra bien, sinon il nous restera toujours l'option de dormir à Benghazi…

— On avisera, conclut Tom qui n'aime pas trop les longs trajets routiers et se souvient en particulier du décès tragique de ses parents, quand il avait une dizaine d'années, leur Fiat 500 s'étant retrouvée à l'état de compression de César après le double choc simultané par l'avant et par l'arrière de deux poids lourds.

— Les infrastructures du pays et la situation géopolitique ne permettent pas de fantaisies…

— Je comprends, bougonne Tom.

— Voilà, nous arrivons à notre hôtel à Marsa Matruh, la météo est correcte, il doit faire environ 24°, le vent est calme. Quand il y a des tempêtes de sable, cela change évidemment tout le programme, prévient Karim. Je vais te laisser t'installer, les chambres sont un peu spartiates…

— C'est en face !

— Quoi donc ?

— Mais Sparte, le Péloponnèse,

— Oui, bien sûr, éclate de rire Karim, mais les tout premiers Grecs qui seraient venus coloniser cette région étaient peut-être originaires de Santorin !

— À quelle époque ? s'intéresse Tom.

— En 630 ou 640 avant J-C. !

— Ah oui, c'est fort ancien.

— Pour en revenir à l'hôtel, nous dinerons à 18 heures 30, soupe libyenne, la chorba arbiya et le tout arrosé de thé vert.

— Je … je me réjouis !

Quelques heures plus tard, vers 20 heures, Tom et Karim se retrouvent au bar de l'hôtel Adriatica qui affiche hardiment 2 étoiles :

— Il y a pas mal d'années j'allais à l'hôtel Beau Site, mais il a été rasé et remplacé par un ensemble de plusieurs centaines de chambres. J'ai choisi cet hôtel un peu simple pour faire profil bas, on ne sait jamais par ici. Ce sera d'ailleurs le style de notre déplacement, inutile d'attirer l'attention, explique Karim devant son whisky que Tom a tenu à lui offrir, tu vois, la clientèle autour de nous est locale, les gens te regardent discrètement en se demandant ce que tu viens faire ici.

— Mais alors en Libye, cela va être pire !

— Pas forcément, il y a beaucoup plus d'étrangers là-bas, avec des missions …très variées.

— Dis-moi, Karim, d'où connais-tu Thierry ?

— Il a fait plusieurs fois appel à moi comme guide quand il devait travailler en Afrique du Nord.

— Je comprends, bougonne Tom qui a bien senti que Karim ne répondait pas à sa question, et nos chauffeurs sont de quelle nationalité ?

— Abdelkader, celui de notre pickup, est tunisien comme moi, j'ai souvent travaillé avec lui, les deux chauffeurs du deuxième pickup sont l'un marocain, l'autre égyptien, mais habitent depuis plus de dix ans en Libye, à ce qu'ils m'ont dit. Je crois qu'ils se font aussi employer comme mercenaires, en plus c'est toujours utile d'avoir des locaux avec nous. Les deux chauffeurs du dernier pickup ont été trouvés également par Thierry, je ne sais rien d'eux, mon chauffeur les désigne comme des Roumis, mais ils m'ont l'air peut-être Turcs, ce sont des costauds ! mais je me renseignerai.

— Tu sais que je dois retrouver une certaine mallette grâce à mon boitier GPS ?

— Oui, Thierry m'a expliqué toute ta mission, confirme Karim, l'enquête ne sera pas toujours simple, les gens ici ne réagissent pas comme en Europe, en Libye ils sont organisés en tribus et sous-tribus, la loi du sang existe encore s'il y a un problème à régler...

— La loi du sang ?

— Oui, œil pour œil...tu sais ? en plus, comme on dit ici, « le sang est plus épais que l'eau »...

— Ce qui veut dire ?

— L'eau, c'est les liens d'amitié créés autour d'une table par exemple. Ces liens n'existeront plus s'il faut défendre quelqu'un lié par des liens familiaux.

— Diable, je tâcherai de faire attention. Au fait, tu as déjà rencontré ce marchand libanais d'antiquités ?

— Non, jamais vu, d'ailleurs il faudra vérifier si l'indication de son adresse est toujours bonne, tu sais en Libye il n'y a pas souvent d'adresse précise, moi j'ai un papier où est inscrit « du côté de Shabab Al Jebel, le club de sport ».

— Bon, j'arrête de te poser des questions, on part tôt le matin, on verra bien ce que nous réserve cette enquête...

— Inch Allah...

6

Le convoi approche de la frontière libyenne, la nuit opère sa retraite vers l'Ouest, comme Rommel à l'époque, tandis que l'Est commence à s'embraser. Le vent s'est levé au sud et soulève un peu de sable. Karim s'inquiète, il explique à Tom que si jamais le vent de sable, qu'on appelle le gibli, forcit, tout s'assombrit, la température monte de 10 degrés, la visibilité devient très réduite, des tourbillons à plus de 80 km/h vont gêner les déplacements, « mais on n'en est pas encore là ! » sourit-il.

Karim a recommandé à Tom de laisser les deux autres Land Cruiser partir en premier, étant vides, rien ne devrait s'opposer à leur passage de la douane. Il a précisé à Tom qu'un platelage en bois et tôle rehausse le plancher d'origine de ces véhicules d'une quinzaine de centimètres, créant une cache invisible qui peut s'avérer utile pour dissimuler certaines antiquités.

Tom ne relève pas cette remarque qui laisse entendre que l'opération d'exportation de certaines antiquités pourrait être illégale…

C'est d'ailleurs la question qu'il n'a pas posée à Bernard, il s'en veut de s'être laissé embarquer ainsi, sans avoir vérifié ce point, sans l'avoir obligé à lui affirmer que toute l'opération concernant les antiquités était légale, du début à la fin.

Karim poursuit en lui annonçant que leur véhicule passera en dernier la frontière.

Tom somnole, le paysage plat, le désert rugueux, les buissons maigrelets, la rocaille poussiéreuse, rien ne retient son attention.
Le ronronnement du moteur le berce, quand déjà Karim le réveille :
— Tom, on passe le Gateway égyptien de El Sallum, non loin de Sollum.
— Gateway ?
— Oui, le portique qui matérialise l'entrée, ou la sortie, du pays.

Il se redresse sur sa banquette. Pas de douaniers égyptiens en vue, ils doivent être contents que des gens quittent leur pays, le pickup Toyota passe sans trop ralentir sous le portique jaune marquant la frontière égyptienne.

Quelques dizaines de mètres plus loin, on s'approche du Gateway libyen d'Emsaed qui, lui, est monumental, il doit mesurer plus de 15 mètres de haut.
Sur la gauche un parking où stationnent des dizaines, voire des centaines de poids lourds, à l'un des passages sous le portique des gens traversent à pied en portant de gros colis sur l'épaule, sans doute avant de rejoindre un autre moyen de

transport en territoire libyen. Les voitures sont rares, quelques douaniers rôdent le long du portique, l'un d'eux arrête leur Toyota et leur fait signe d'aller se garer à droite le long d'un bâtiment.

Tom jette un œil inquiet à Karim qui le rassure « tu sais, quand ils voient un Blanc comme toi, ils cherchent à savoir ce que tu viens faire chez eux ! de toute façon on devait faire tamponner ta demande de laissez-passer qui sera valable 24 heures jusqu'à enregistrement à Benghazi, tu te souviens ? alors je te rappelle : profil bas !».

Tous deux sortent du pickup et pénètrent dans le bâtiment de la douane. Karim s'adresse au douanier en poste qui lui indique le bureau où accomplir les formalités, un policier armé d'une Kalashnikov les suit et dévisage Tom d'un air glauque.

Dans le bureau, une discussion animée s'engage en arabe entre Karim et le fonctionnaire, le policier s'est invité dans la pièce, il se positionne, le museau de sa mitraillette pointé dans le dos de Tom.

Au bout d'un moment Tom chuchote à Karim « qu'est-ce qui se passe ? », pas de réponse, la discussion est animée, on gesticule, soudain le policier saisit sa paire de menottes et passe un des bracelets au poignet de Tom qui n'a pas vu venir l'assaut, il veut réagir violemment, Karim lui crie de se laisser faire, le policier ricane, tire Tom vers une table et passe l'autre bracelet au pied de la lourde table.

Karim enjoint à Tom de ne plus bouger, de feindre l'indifférence. La discussion reprend, le ton s'élève, puis se calme ; le policier s'amuse à enfoncer un peu le canon de son arme dans le dos de Tom, ce dernier ne réagit pas, il fait des progrès...

Au bout de quelques minutes Karim dépose sur la table du fonctionnaire quelques billets, la discussion reprend, Karim rajoute une petite liasse, le fonctionnaire soupire, prend un formulaire qu'il tamponne et signe, puis il aboie un dernier ordre à Karim qui dépose deux billets plus grands, de couleur différente, alors seulement Karim peut récupérer le formulaire sur la table, le fonctionnaire sourit béatement, le policier libère Tom et indique la sortie d'un mouvement du canon de son arme.

Les deux comparses marchent en silence vers leur voiture, accompagnés à distance par le policier.
Ils s'installent, Abdelkader démarre :
— C'est tout le temps comme cela ? interroge Tom.
— Non, cela dépend de l'heure, ou bien du groupe ethnique qui est en faction, mais là c'était facile..
— Ah bon ? conclut Tom.

7

Ensuite c'est une route presque rectiligne longeant plutôt le bord de mer. Au passage de Tobrouk, plusieurs cimetières militaires retiennent l'attention de Tom. Karim lui décrit au passage le grand cimetière de Knightsbridge essentiellement britannique mais aussi le colossal cimetière allemand construit comme un fort romain qui surplombe le port de la ville, et enfin le discret cimetière français de la colonne Leclerc sur le haut de la ville. Ils sont vastes, souvent un portique à l'entrée, ou une colonne commémorative qui lance un cri muet de douleur, quelle tristesse d'aller mourir dans le désert loin de tout.

Karim lui explique que pendant la deuxième guerre mondiale (la seconde ! aurait dit un optimiste signifiant qu'il n'y en aurait pas de troisième…) Tobrouk était le seul port en eau profonde de Cyrénaïque, et donc chaque belligérant, les Italo-Allemands et les Britanniques, s'acharna à prendre et garder le contrôle de ce port.

Quelques heures plus tard, près de Derna, la route bifurque, on abandonne la côte, Tom aperçoit un énorme plateau sur lequel il s'agit de grimper, la route se met à tortiller en lacets pour gravir en quelques kilomètres cette pente rocheuse, on passe du niveau de la mer à environ 500 mètres d'altitude rapidement :

— Nous approchons de Shahat, explique Karim qui prend son rôle de guide très au sérieux, ce sera notre point de destination pour les recherches de notre enquête. On est maintenant sur le Djebel Akhdar, qui veut dire « Montagne verte », la pluviométrie est toute différente, c'est l'endroit de Libye où il pleut le plus, tu vas voir une végétation bien plus foisonnante, des oliviers sauvages, des pins, des genévriers, des arbousiers, également des chênes et des cyprès, des forêts !

— Tu t'y connais bien en…

— Oui, oui, je m'intéresse beaucoup à la flore de ces pays, et quand on pense que le Sahara est juste derrière...

Tom devient plus attentif au paysage, il admire ce plateau qui culmine à 850 mètres et où, comme lui a aussi raconté Karim, des dizaines de milliers de colons italiens sont venus, entre les deux guerres mondiales, cultiver blé et vigne sur cette terre si fertile.

Soudain Tom s'inquiète :

— Où sont les autres ?

— Avec le retard que nous avons pris à la douane, nous n'avons pas pu les rattraper, ils sont partis directement à Susah qui est notre étape de ce soir, située à 15 kilomètres de Shahat, la ville où nous devrions retrouver ton marchand libanais, mais d'abord, je te l'ai dit, il faut que nous allions à Benghazi faire enregistrer ton laissez-passer.

Sans s'arrêter à Shahat, le pickup se lance sur la route vers Benghazi ; à peine 10 kms après Shahat il traverse la ville d'El Beïda la Blanche, qui abrite environ 250.000 habitants, ville que Karim qualifie de fief intégriste. Il recommande d'ailleurs de ne pas la traverser de nuit et glisse quelques mots à ce sujet : « nous avons à faire à des groupes de différentes obédiences, soutenus par des puissances étrangères, que ce soit la Turquie, l'Égypte, l'Arabie Saoudite ou le Qatar, et El Beida est un petit chaudron à manipuler avec précaution ».

Pendant les trois heures passées sur cette route qui serpente à travers le plateau du Djebel Akhdar vers Benghazi, Tom questionne à nouveau Karim :
— Dis-moi, Karim, es-tu uniquement guide ?
— Oui, bien sûr !
— Mais tu as d'autres cordes à ton arc ?
— Puisque nous en sommes aux confidences, sache que j'ai commencé comme agriculteur avec mon père, ensuite j'ai fait un peu d'études en agronomie à Tunis, et de fil en aiguille, sur le terrain, j'ai eu envie d'en connaître plus en géologie de façon à mieux faire mon métier de technicien en agronomie, et puis, poursuit Karim avec un éclat de rire, je me suis mis à fouiller le sol pour l'une ou l'autre de mes spécialités, j'ai commencé à m'intéresser à l'archéologie, mais tout cela bien sûr en tant qu'amateur !
— Et tu as baroudé un peu partout ?
— Oui, au Maroc, en Libye souvent, moins en Algérie et une fois jusqu'en Syrie !

— Comment as-tu rencontré Thierry ? dans un champ en Egypte ? sourit Tom curieux de voir comment Karim va esquiver la question, car il cherche à comprendre d'où vient cette légère réticence de Karim, cette retenue dans certaines phrases, comme s'il y avait un secret quelconque à cacher...

Karim fait mine de chercher sa pipe et son tabac, « cela ne te dérange pas si je fume dans la voiture ? », « pas du tout ! ».
Le cérémonial dure bien quelques minutes :
— Cela a une importance pour toi, Tom ?
— Juste pure curiosité.
— Nous nous sommes rencontrés physiquement une seule fois, c'était au musée du Bardo de Tunis, mais à vrai dire je n'ai travaillé pour lui que deux ou trois fois, balance Karim sur un ton qui met fin à leur conversation.

L'air devient un peu irrespirable, en partie aussi à cause de la bouffée de fumée que Karim souffle dans l'habitacle.

Plus de conversation jusqu'à Benghazi.

C'est une grande ville, la deuxième du pays, fondée par les Grecs, de Cyrène ou bien d'une île de la mer Égée, les archéologues s'interrogent…
Elle a été sévèrement détruite pendant la deuxième guerre mondiale, mais s'est relevée grâce à son port et aux activités commerciales, c'est plutôt une ville sans chaleur, quelques immeubles en ruines après des combats gagnés par le maréchal Haftar.
La reconstruction de Benghazi est un enjeu économique important qui attire beaucoup d'entreprises. L'imbrication des différents acteurs politiques ou économiques opérant en Libye

est telle que l'on constate parfois des alliances contre-nature, par exemple lorsque Haftar a cherché à prendre le contrôle de toute la Libye, il a été repoussé dans son attaque finale à Tripoli par les Turcs et leurs drones, alors que maintenant des entreprises turques se proposent de participer à la reconstruction de Benghazi, fief de Haftar...

Abdelkader, le chauffeur de Karim, un jeune Tunisien berbère de 24 ans, se glisse habilement dans le trafic avec le pickup, il est déjà 3 heures de l'après-midi.

Dans le centre, près du port, il s'arrête devant un grand bâtiment qui s'avère être l'ancienne école secondaire pour filles. Des voitures de police stationnent sur le parking, ainsi que des pickups avec tourelles équipées de mitrailleuses. Des types en treillis beige, armés de Kalashnikovs, fument des cigarettes et gardent les véhicules.

« C'est là » indique Karim, qui sort et invite Tom à le suivre. Un soleil éblouissant les éclabousse, le temps de parvenir à s'engouffrer dans le bâtiment. Une activité intense règne dans les couloirs ! Karim connait visiblement les lieux, il n'hésite pas à enfiler les couloirs jusqu'à ce bureau où il entre sans frapper, Tom à sa suite.

Le fonctionnaire de service, sourcils en broussaille, barbe fournie, teint mat et sombre, les invite à s'asseoir face à lui. Il prend connaissance des papiers de Tom et de sa demande de laissez-passer, fait une copie de son passeport qu'il envoie par email sur son ordinateur. À qui ? se demande Tom, en alerte...
En anglais, le fonctionnaire lui demande le motif de sa visite, Tom répond « négoce d'antiquités », il ne lève pas la tête,

il écrit, tamponne des documents, vérifie des messages qu'il reçoit sur son ordinateur, il s'affaire…il n'est pas pressé, il semble même attendre quelque chose.

Tom s'impatiente, jette un regard à Karim qui fronce les sourcils, façon « surtout du calme, pas un mot ! ».

Soudain Tom pense à son GPS dont il veut vérifier le signal, il le prend dans sa poche, tente de l'allumer mais constate que le GPS est déchargé. Il le range, énervé, sous les regards furieux des autres.

La porte du bureau s'ouvre quelques instants plus tard sans ménagement, trois types en treillis beige entrent, armés. Le fonctionnaire tend enfin à Karim le laisser-passer de Tom.
Celui qui semble être le chef du groupe, veste de treillis mais pantalon de ville, fait signe à Tom et Karim de le suivre.
Tom lui demande de quoi il s'agit, il n'obtient pas de réponse, Karim lui dit de se taire et lui chuchote « je les reconnais à leur accent, ce sont des Russes, très certainement de la milice Wagner, reste calme ».

À travers les couloirs de l'ancienne école, le groupe se dirige vers le bâtiment du fond après la cour. L'ambiance est devenue glauque, Tom s'inquiète, encore une histoire qui risque de partir en quenouille, que faire ? il doit rapidement comprendre pourquoi la milice russe intervient, il faut qu'il garde le contrôle de la situation…

Ils sont introduits dans une salle sans mobilier qui donne accès à trois portes métalliques renforcées. Le chef de l'escouade, que ses collègues appellent Oleg, déverrouille la première porte et les fait entrer, après leur avoir lié les mains dans le dos, dans une petite salle. Tom veut protester, mais Karim lui fait signe de patienter. Cela ne le calme pas du tout.

Au milieu de la pièce trône une chaise en fer, les pieds soudés au sol. Un type est attaché dessus, nu, les mains dans le dos, les jambes ficelées aux pieds de cette chaise. La tête penchée en avant, il a l'air mal en point, du sang coule de ses mains, il a des marques , des blessures sur le thorax.

Le fameux Oleg se tourne vers Tom et dans un anglais rocailleux mâtiné d'accent russe:
— Tu connais ce type ?
— Non, bredouille Tom.
— Et sa mallette, tu en as entendu parler ? il y a un code pour l'ouvrir, il serait marqué que si le code est faux l'intérieur sera détruit. Tu connais ce code ?
— Je…je ne sais pas.
— On n'a pas de temps à perdre avec vous deux, toi Tom et l'autre sur la chaise, qui s'appelle Salim, parait-il. On va commencer par Salim, décide Oleg.

Il enjoint à ses hommes de réveiller Salim affaissé sur lui-même et dit s'absenter quelques minutes.

Avec la pointe d'un couteau les deux sbires font sursauter Salim qui ouvre les yeux, dévisage les Russes, puis Tom et Karim qui lui font face adossés au mur, il semble à bout de souffle.

Les deux miliciens se mettent à discuter dans un coin en attendant leur chef, Tom en profite pour s'approcher de Salim, sans que les sbires interviennent, n'ayant pas eu de consigne à ce sujet :

— Salim, je suis Tom Randal, je suis envoyé par Thierry Galluis.

— Sauve-moi de leurs griffes, répond-il, ce sont des tueurs.

— Que s'est-il passé, Salim ?

— En arrivant à Shahat, articule-t-il péniblement, des mafieux musulmans ont essayé de me prendre ma mallette...

— Oui ?

— Des miliciens Wagner sont intervenus, par hasard ou bien parce qu'ils me filaient... ils ont mis en fuite les mafieux... j'en ai profité pour disparaitre... je suis allé à l'adresse du marchand libanais...souffle Salim.

— Maroun Chehab !

— Oui, il était en train de quitter sa maison... il avait été attaqué une première fois par les intégristes, mais je dois te dire...

— Je t'écoute.

— La mallette ! je l'ai donnée à Maroun... il l'a cachée...

— Où cela, Salim ?

— Dans son atelier... la milice Wagner est arrivée, Maroun s'est enfui, et moi...

La porte s'ouvre sur Oleg, furieux de constater que ses hommes n'ont pas empêché Tom de parler avec Salim.

Il dégaine son pistolet, un Baïkal MP443, tout le monde le regarde avec inquiétude, surtout Salim...

Il se glisse derrière son prisonnier, appuie le canon de son arme sur la nuque de Salim :

— Alors Salim, ta dernière chance, où est cette mallette ?

— Mais je ne sais pas, je vous l'ai déjà dit.

Ce seront les dernières paroles de Salim, car Oleg lui a tiré une balle dans la nuque, le projetant en avant. Karim et Tom sursautent, ils regardent cette scène avec effroi, debout, les mains toujours liées dans le dos.

Oleg abandonne Salim à son sort, se dirige vers Tom, qu'il désigne à ses sbires. Ceux-ci l'empoignent, chacun par un bras, le font mettre à genoux, Oleg se place derrière lui, Karim intervient « Oleg, tu ne peux pas faire cela, non ! ».
Le chef russe pivote sur lui-même, il n'est qu'à un mètre de Karim, un sourire ironique aux lèvres il appuie son pistolet sur le front de Karim, fixe du regard les yeux du Tunisien :
— Tu veux te mêler à notre conversation pour ne rien dire ? susurre Oleg.
— Non, non, je…Karim s'évanouit par terre.

Le Russe revient dans le dos de Tom, appuie le canon de son arme sur la nuque de Tom :
— Alors, Tom, où est cette mallette, et quel est son code ?
— La mallette, je ne sais pas, je viens d'arriver en Libye ce jour, mais je connais le code, c'est …neuf, sept, six , neuf, euh… non, non, huit !

Et Tom, submergé par la pression, glisse par terre. Heureusement que Thierry lui avait confié le code !
Oleg s'absente. Les gardes surveillent Tom qui, affaissé, ne peut guère aller loin. Karim, lui, reprend tout doucement ses esprits.

Dix minutes plus tard, Oleg revient, un sourire aux lèvres, les deux sbires ont relevé Tom et Karim qui cherchent à conserver un espoir de s'en sortir.

Dans sa tenue de combat Oleg a fière allure, casquette vissée sur le crâne, chaussures tout-terrain, pistolet à la ceinture, tee-shirt noir sous son blouson kaki-beige, mais curieusement pantalon civil :

— J'ai fait des recherches sur notre site, tu es fiché, Tom Randal, d'abord l'affaire Serguëi Bulganov, tu te souviens ? sourit Oleg.

— Je n'y étais pour rien, Bulganov tuait des gens à Paris, la police l'a neutralisé.

— Et puis l'amiral Birilev en Suède ? c'est là que tu as rencontré ton ami Ivan Dikov…

— Ami, oui bien sûr, si on veut ! s'écrie Tom, il avait d'abord essayé de me tuer plusieurs fois.

— Je lui ai laissé un message pour le prévenir que je te tiens en mon pouvoir.

— …

— Il m'a répondu de te laisser partir ! ajoute Oleg dépité.

Il dévisage Tom comme s'il le découvrait sous un autre angle, une légère inquiétude assombrit son front obtus.

Il l'emmène avec lui, escorté de ses deux sbires, jusqu'à son bureau, laissant Karim attaché dans la cellule avec le cadavre de Salim.

Dans la minuscule pièce sans fenêtres qui lui sert de bureau, Oleg s'est assis sur une chaise en bois et téléphone, face à Tom obligé de rester debout.

Il parle en russe à un employé de l'ambassade de Russie à Paris. Il fait signe à l'un des sbires de détacher Tom de ses liens.

Tom se frotte les poignets, inspire un grand coup, puis souffle.

Oleg change soudain d'attitude dans sa conversation téléphonique, se fait aimable si tant est que cela soit possible, il invite même d'un geste Tom à s'asseoir en face de lui tandis qu'il congédie les gardes.

Soudain il se lève, le téléphone à la main, presque au garde-à-vous, s'exprime de façon obséquieuse, avec des hochements de tête, puis tend le combiné à Tom :

— Allo ?

— Tom, c'est Ivan, qu'est-ce qui t'arrive ?

— Je suis content de te parler, je suis en Libye, j'ai été arrêté par des types de la milice Wagner.

— Oui, en effet, qu'as-tu fait de mal ? s'amuse Ivan.

— Rien bien sûr, je suis en Libye pour le compte d'un collectionneur en France qui m'a envoyé pour régler sa commande et rapporter les antiquités qu'il a choisi d'acheter.

— Je comprends, mais tu viens de discuter discrètement avec un certain Salim Idris, un Syrien qui a travaillé pour les services américains ou français. Cela te dit quelque chose ?

— Quoi ? non, pas du tout, il doit y avoir une erreur, Ivan.

— Sacré Tom, toujours à la pointe du combat, on va te laisser partir, mais fais attention à toi, tu n'es pas dans l'endroit le plus calme de la planète, à bientôt.

— Merci Ivan.

Oleg se lève et annonce à Tom qu'il le raccompagne à l'entrée des bâtiments. Tom essaie de classer dans sa tête toutes ces nouvelles informations. Une première question lui vient à l'esprit :

— Oleg, tu ne fais pas partie de la milice Wagner, n'est-ce pas ?

— Non, sourit Oleg qui trouve Tom assez perspicace.
— Mais quel est ton rôle ici ?
— C'est très simple : cela ne te regarde pas, contente-toi d'être encore vivant, ton ami Dikov t'a un peu aidé.

Tom se le tient pour dit : profil bas, comme l'a conseillé Karim.

Oleg décide d'envoyer un sbire libérer Karim de son tête-à-tête macabre.
Il sort finalement avec Tom et son guide de cette sinistre ex-école.

Tom décide de profiter du changement d'attitude d'Oleg pour le questionner :
— Comment as-tu rencontré Salim ? ose demander Tom, sous le regard de Karim.
— Cela te regarde ?
— Ivan Dikov m'a dit que tu pouvais me le dire, ose encore Tom qui se doute bien que la conversation en français avec Ivan n'a pas été comprise d'Oleg.
— Par hasard, on patrouillait dans un quartier intégriste d'El Beïda, ce type avec sa mallette noire détonnait dans le paysage, les types qui lui parlaient avaient vraiment l'air peu fréquentables, des intégristes, alors j'ai bondi avec mes hommes, les types se sont enfuis en tirant, on les a poursuivis, Salim en a profité pour s'enfuir, quelques-uns de mes hommes sont parvenus à le retrouver, il était dans la maison de ce marchand libanais que nous connaissons d'ailleurs et que nous surveillons ! le marchand n'y était pas et Salim n'avait plus sa mallette...

Tom se satisfait moyennement de cette réponse, qui n'éclaire pas vraiment l'attitude de Salim en discussion avec ces intégristes.

Une fois dehors sur le parking, Oleg tend à Tom un papier avec ses coordonnées, « au cas où » ajoute-t-il avec un sourire engageant, puis il le quitte d'un salut de la main.

Karim qui a assisté à la discussion n'a pas dit un mot, il regarde d'ailleurs Tom assez bizarrement. Tom s'en aperçoit :
— Cela ne va pas, Karim ?
— Si, heureux d'être libre, mais j'aimerais bien des explications sur tes liens avec ce Dikov, il appartient à un service russe ? bougonne Karim.
— Je n'ai aucun lien de ce genre ! le type qui m'a appelé, je l'ai rencontré par hasard lors d'une récente enquête en Suède, on a échangé nos adresses, au cas où, voilà, c'est tout.
— Bon, mais je dois en référer à Thierry, déjà Salim a été assassiné, la mallette a été volée et toi tu te fais libérer par un type qui doit appartenir à un service russe, je ne sais pas si Thierry a choisi la bonne personne pour s'occuper de ses affaires.
— Je ne crois pas que ce soit à toi d'en juger, mais oui, appelle-le et dans la foulée demande-lui si Salim travaillait bien pour les services américains ou français.

Karim accuse le coup, cette phrase le met mal à l'aise :
— D'où sors-tu cette histoire ?
— C'est Ivan Dikov qui me l'a dit, sans doute sur la foi de renseignements provenant d'Oleg ou de la milice Wagner, explique Tom.

Karim fait la moue, cette mission prend une tournure qui ne lui plait pas.

Il fait signe à Tom d'attendre à côté de leur pickup et s'isole un peu plus loin sur le parking pour faire son compte-rendu à Thierry.

Il a de la chance que Thierry soit disponible, il a décroché, la conversation s'engage, Karim a l'air excité, Tom suit de loin ces mimiques, la conversation dure bien une dizaine de minutes, et lorsque Karim raccroche, son inquiétude se lit facilement sur son visage.

Il est maintenant trop tard pour un retour à Susah, Karim décide de dégoter à Benghazi un petit hôtel qu'il déniche sans peine (la peine viendra plus tard pour Tom quand il découvre la chambre misérable).

8

Après une nuit difficile, interrompue tôt le matin par les psalmodies du muezzin, Tom descend dans la rue à la recherche d'un café, l'hôtel ne servant pas les petits déjeuners.

Dehors il croise des gens qui le dévisagent sans aménité, la ville est encore dans sa torpeur du matin. Aucune femme n'est visible à cette heure dans les rues.

Attiré par une odeur de café qui parfume la rue, il repère une gargote.

Il s'accoude au comptoir et commande son café, à côté de lui un policier lui sourit. Il répond par un sourire, soupire, « voyons, que fais-je ici ? » se dit-il.

Son téléphone vibre, c'est Karim qui le cherche, il lui dit de le rejoindre au café à moins de 50 mètres de l'hôtel.

Tom prend son bol de café et va s'asseoir dehors sur la terrasse, histoire de profiter d'un instant de calme, qui ne dure guère, il voit Karim qui arrive.

Les deux sont maintenant assis à leur table, Tom ne parle pas, il fixe obstinément Karim. L'atmosphère est un peu lourde. Karim décide de sortir du bois :
— Tu as l'air de m'en vouloir, Tom ?
— Tu as eu Thierry au téléphone ? balance Tom qui change de sujet.
— Oui, reconnait Karim, il veut te parler, appelle-le dès que tu peux.
— C'est ce que je vais faire, je dois vérifier certains points de cette mission, et ce n'est pas toi, avec tes silences et tes non-dits, qui vas éclaircir la situation.
— En attendant, dit Karim pour pacifier l'ambiance, sache que j'ai demandé hier aux chauffeurs de localiser ton marchand libanais, histoire d'avancer dans notre affaire.
— Voilà une initiative bienvenue, concède Tom, et alors ?
— Il aurait quitté Shahat, où il habitait avec deux ou trois employés, il semblerait qu'il était harcelé par des voleurs, disons qu'il ne se sentait plus en sécurité, il faut dire qu'il a près de 70 ans.
— D'où sortent-ils ces détails, questionne soudain Tom, soupçonneux.
— Nos chauffeurs ont interrogé le poste de police de Shahat, qui les a renseignés sur Chehab. Les policiers leur ont conseillé de chercher du côté de Susah qui est la ville la plus proche, il est vraisemblable que Chehab n'a pas cherché à aller trop loin, il a ses habitudes, ses contacts dans le coin. Ce sont les intégristes d'El Beïda qui créent cette insécurité.
— Le mieux est de partir tout de suite vers Susah, non ?
— Oui, on y sera avant midi, tu peux appeler Thierry en route.

— Partons, mais je ne l'appellerai qu'à l'arrivée, quand je serai seul, dit Tom en mettant les points sur les i.

La fermeté de son affirmation laisse Karim coi, ce qui a le don de clore la conversation.

En quelques pas ils sont devant leur pickup garé face à l'hôtel. Ils n'avaient même pas pris leurs affaires pour se changer dans leur chambre sordide.

En fouillant dans sa poche, Tom met la main sur le fameux GPS qui est déchargé. Il interpelle Karim « j'ai besoin d'une pile pour mon GPS, tu sais dans quel magasin je peux en trouver une ? », Karim jette un œil à droite dans la rue, puis à gauche, hausse les épaules, « je vais demander à la réception de l'hôtel ».

« Chou blanc ! » dit-il en ressortant, « on en cherchera une à Shahat ou à Susah ». Karim ayant déjà réglé la note, ils partent sur le champ, Abdelkader au volant.

Un dernier regard à la ville sans grâce, un peu sale, un peu démolie par endroits, et déjà la route les emmène à nouveau vers le plateau, la Montagne Verte.
Près de Al Marj ils croisent une maison tarabiscotée qui pourrait dater de l'occupation italienne. Dans les champs, des chèvres, plus loin des dromadaires qui gambadent libres, Tom se détend.
À un endroit, Tom fait arrêter le véhicule, il sort et se lance dans le champ vers des sortes de rochers qu'il avait aperçus à une centaine de mètres. Il découvre en fait une ancienne presse ronde en pierre avec une meule dessus, visiblement pour presser des olives, un vestige qui pourrait peut-être dater de l'époque

byzantine. Il se sent tout fier de jouer à l'apprenti archéologue amateur.

Soudain il lui revient en mémoire qu'il était allé une ou deux fois, à Paris, dans un petit restaurant, le « Bélisaire ». Ce nom l'avait intrigué, il s'était ensuite renseigné pour apprendre qu'il s'agissait d'un général de l'empereur Justinien, , ayant guerroyé vers le VIème siècle notamment du côté de Carthage et peut-être en Libye. Il attribue mentalement donc sans autre preuve ce pressoir à l'époque byzantine, conscient pourtant de sa légèreté.

Il retourne à la voiture, un sourire aux lèvres, content d'avoir pu un instant se changer les idées, la séance avec les sbires d'Oleg lui ayant fait faire des cauchemars toute la nuit…

Au bout de deux heures ils entrent dans El Beïda, qu'ils traversent en restant sur Abraq Road, une grosse artère qui leur évite de s'approcher des quartiers rebelles.

Puis c'est Shahat, de là ils prennent la route sinueuse qui descend vers Susah, le paysage est magnifique, sur la gauche les ruines de Cyrène, de loin on voit les restes du temple de Zeus énorme, parait-il plus grand que le Parthénon.

Les ruines de Cyrène situées à 600 mètres d'altitude ne sont pourtant qu'à 7 kilomètres à vol d'oiseau de la mer.

La vue sur la mer est somptueuse. La végétation luxuriante remercie les pluies abondantes qui arrosent régulièrement le plateau.

En vingt minutes la descente est avalée et Karim se dirige vers l'hôtel Al Manara où le groupe s'est installé, près du port d'Apollonia et de ses ruines.

Ils se garent sur le parking de l'hôtel, toute l'équipe est là qui les attend, Karim en profite pour les présenter vraiment, Tom ne les avait vus que de loin à Marsa Matruh :

— Voici les chauffeurs du premier des deux autres Land Cruiser : Aziz est marocain et Tareq est égyptien.

Tom leur sourit et les salue d'un signe du bras.

— Et ceux du deuxième véhicule : Luc est breton, oui, et Silvio est corse, conclut Karim l'air de rien.

Mais les traits de Tom se sont figés, il en oublie de saluer des compatriotes qui eux-mêmes restent un peu circonspects, ne sachant sur quel pied danser.

Tom abrège cette séance et entraine Karim vers l'hôtel, « juste un instant » crie-t-il aux chauffeurs, « nous déposons nos affaires dans nos chambres et nous revenons vous voir ».

Une colère froide submerge Tom, il n'en peut plus de la placidité affectée de Karim. Leurs deux chambres étant contiguës au troisième étage, Tom jette son sac de voyage dans sa chambre et fonce dans celle de Karim :

— Tu as des Français dans notre groupe et tu ne me dis rien ? s'étrangle Tom.

— C'est Thierry qui vient de me l'apprendre lorsque je l'ai appelé…

— Et pourquoi tu ne me l'as pas dit ?

— J'ai oublié ! Au fait, tu ne voulais pas téléphoner à Thierry ?

— C'est ce que je vais faire, concède Tom qui avale le flot d'imprécations qu'il allait déverser sur la tête de Karim.

Tom retourne s'enfermer dans sa chambre pour téléphoner à Thierry, qui décroche :
— Oui, Tom ?
— Thierry cela ne va plus, c'est quoi cette mission ?
— Mais il n'y a rien de changé, argumente Thierry, prends contact avec le marchand libanais et rapporte-nous les antiquités.
— Et comment payer Maroun Chehab ? la mallette a disparu et le GPS n'a pas de signal ! sans compter la mort du porteur de la mallette qui aurait travaillé pour les Américains ou les Français ?
— Calme-toi, Tom, je vais te répondre. Concernant Salim Idriss, je suis désolé, il est tombé sur la milice Wagner, je n'en sais pas plus.
— Quel est le rôle de Karim dans l'opération ?
— Mais tu le sais, c'est ton guide, voyons. Par contre, toi, tu devrais m'expliquer ce coup de fil que tu as reçu d'un agent d'un service russe, c'est inquiétant, qu'as-tu à me dire ?
— Rien de spécial, Dikov est un type que j'ai côtoyé dans une enquête précédente, il m'a juste rendu un service, sinon Karim et moi finissions avec une balle dans la nuque.
— Ouais, bougonne Thierry peu convaincu, restons-en là, je te laisse poursuivre ta mission.

Perturbé, Tom va rejoindre sur le parking toute l'équipe, il se rend compte qu'il n'a pas non plus été très clair avec Thierry concernant ses liens avec Dikov, bien qu'il n'ait rien à se reprocher. Peut-être devrait-il prendre sur lui et se calmer, il a absolument besoin de son guide.

Il commence par s'adresser à Karim :

— Il faut d'abord localiser Chehab ! tu connais son adresse à Shahat ?

— Oui, mais sa maison est vide.

— Allons-y quand même, je veux me rendre compte par moi-même de ce qui a pu se passer.

Karim annonce aux deux équipes de chauffeurs qu'ils doivent attendre à l'hôtel de nouvelles instructions, il demande à Abdelkader de les conduire, Tom et lui, à Shahat.

Ils font donc le chemin en sens inverse, remontent sur le plateau, longent Cyrène qui s'étonne de les voir repasser dans l'autre sens, entrent dans Shahat.

Abdelkader s'arrête pour interroger un type qui a l'air d'habiter là. Une discussion s'engage, le type en profite pour dévisager les autres occupants du véhicule, Abdelkader et le type n'en finissent pas de parler. Karim explique à Tom que le gars veut savoir pourquoi ils cherchent Maroun Chehab, et qui ils sont. « Je sens que ce type va faire un rapport vite fait aux mafieux du coin » pense Tom. Mais le gars finit par indiquer la route vers la maison de Maroun.

Ils se garent devant la petite maison qui a l'air vide, abandonnée. Tom sort du Toyota, va à la porte d'entrée, frappe, pas de réponse, il teste la poignée, la porte n'est pas fermée à clé, il entre, sur ses gardes.

La pièce principale est sobrement meublée, des affaires trainent partout, une chaise git renversée sur le sol en pierre. Dans la cuisine des assiettes sales sont entassées dans un évier, Maroun a dû partir en catastrophe, ou s'est fait enlever ?

La chambre à coucher est dans le même état, lit défait, vêtements jetés sur une chaise, pas d'indices.

Tom poursuit vers l'atelier qui est contigu, il y accède par un petit couloir sans sortir à l'extérieur. C'est une très grande pièce, remplie de machines en tous genres destinées à nettoyer les antiquités, à les retoucher ou réparer, à les emballer pour être envoyées à l'étranger sans doute.

L'ensemble est en bon état, semble-t-il, dans un coin un porte-manteau sans doute pour les deux employés, deux réchauds à gaz, le sol est poussiéreux, un carreau cassé dans une des fenêtres laisse passer un air frais.

Tom s'interroge sur sa mission, Salim a été assassiné, lui-même a failli passer un mauvais moment avec Oleg, son GPS ne marche pas, la mallette n'est pas localisée, son marchand libanais a disparu…

Il ressort à pas lents, indécis sur la suite à donner. Karim sent bien que Tom n'a trouvé aucune piste :

— Si on faisait un saut au musée de Cyrène ? propose-t-il.
— Tu ne m'as pas dit qu'il était fermé ?
— Peut-être, mais cela ne coûte rien…
— Alors allons-y, décide Tom.

En un quart d'heure ils arrivent devant le musée, dont le chemin était bien fléché. Un bâtiment fonctionnel, blanc mais sans grâce, Tom s'extirpe à nouveau du véhicule, s'approche de la porte qui est barricadée, il manipule sans espoir la poignée qui résiste, c'est bien fermé.

Il souffle, bon sang que fais-je ici, il me faut une piste d'urgence…

Karim qui marchait avec Abdelkader près du pickup lui fait un grand signe. Tom le rejoint, les sourcils en accent circonflexe, et scrute la direction que Karim lui pointe du bras : une voiture est garée sur le côté du musée, on distingue même une petite maison, blanche aussi, accolée au musée. « je vais voir, attends-moi, Karim »

Tom contourne la façade du musée, s'approche de cette voiture, un petit 4x4 Suzuki. Il essaie d'ouvrir la portière conducteur, elle n'est pas verrouillée, il s'interrompt, quelqu'un s'est approché dans son dos, il se tourne d'un seul bloc :
— Vous voulez que je vous dépose quelque part ? murmure une voix.

Hypnotisé par la beauté de l'apparition qui a parlé en français, Tom ne sait pas quoi dire : la jeune femme au corps élancé qui se tient devant lui le fascine.
Ses yeux bleus comme des saphirs incandescents lui font perdre la raison, sa chevelure abondante, d'un noir de jais, coule en cascade sur ses épaules en jetant des éclairs d'un bleu métallique, ses lèvres ourlées semblent le dévorer.
Il faut qu'il se reprenne, les lèvres de la jeune femme s'adressaient bien à lui, le son d'ailleurs commence à lui parvenir enfin :
— Vous parlez français ? répète la jeune femme.
— Oui, bafouille Tom.
— Et donc ? poursuit l'apparition.
— Je cherche à rencontrer Maroun Chehab, déglutit Tom qui reprend ses esprits, je m'appelle Tom Randal, je viens pour…
— Ah vous cherchez Maroun ? je le connais très bien, oui, je suis Samantha Khouri, je fais comme lui partie de la toute petite communauté maronite d'ici. Tu peux m'appeler Sam, si tu veux.
— Oui, merci, continue à bredouiller Tom, vous…tu… tu habites ici ?

— Oui, je suis…ou plutôt je devrais dire j'étais la sous-directrice du musée, qui est fermé. Le directeur ne…enfin n'est plus là, les temps sont difficiles, tu dois le savoir.

— Je dois rencontrer Maroun, je représente un acheteur parisien qui voudrait se faire livrer des marchandises par Maroun, des antiquités devrais-je dire.

— Ce n'est pas gagné, sourit tristement Sam, tu veux visiter le musée en attendant ?

— Pourquoi pas ? fait Tom complètement perdu, mais tu sais où Maroun peut être ?

— Je connais sa nouvelle adresse, c'est à Susah, un atelier avec une petite pièce à vivre, j'ai rencontré ses deux employés mais Maroun n'y était pas ! allez, viens, je te fais visiter en vitesse le musée, d'ailleurs il n'y a plus toutes ces merveilles à admirer maintenant, c'est juste pour te montrer ce que font les barbares.

Elle lui fait signe de la suivre et se dirige sur le côté du musée vers un portillon en acier qu'elle ouvre à l'aide d'une clé d'un imposant trousseau.

Une grande salle blanche se présente dans son état de dévastation : des statues gisent au sol, souvent décapitées ou mutilées, un bras, une jambe, quelques rares pièces sont encore debout, des éclats de marbre jonchent le sol, beaucoup de socles ou de présentoirs sont vides, ce qui pouvait être vendu a disparu. Tom ne dit mot, Sam non plus, leurs pas résonnent dans la grande salle vidée, Tom fait signe qu'il a compris et préfère ne pas s'y attarder. Il ressort, Sam le suit et referme à clé.

Un long silence les retient ensemble, Karim les observe de loin, Tom réfléchit à une suite, toujours pas de piste, une idée lui revient en tête, « tu n'aurais pas une pile plate, tu sais genre CR2032 ? ».

Sam est interloquée, quelle question bizarre à la sortie de cette visite ! elle se demande si Tom a bien pris conscience de l'ampleur du désastre qui s'est abattu sur le musée et sur Cyrène.

Tout en essayant de comprendre qui est ce Tom, elle répond machinalement « oui, bien sûr ».

« Oh magnifique ! » s'écrie-t-il, son visage éclairé d'un large sourire, tandis que Sam continue de s'interroger sur les centres d'intérêt de son interlocuteur.

« Viens avec moi choisir le modèle dont tu as besoin », et Tom se remet à trotter derrière elle qui entre dans la modeste maison attenante au musée.

Le salon où ils sont entrés est meublé de façon assez moderne, un canapé mou, deux fauteuils, une grande table et quatre chaises, au fond une kitchenette, on devine l'accès à une chambre.

Sam se met à fourrager dans les tiroirs d'une commode, des fils électriques tentent de s'échapper, des ampoules cherchent la lumière, « ah je les ai » s'exclame Sam qui tend un petit paquet à Tom, « choisis le modèle qu'il te faut ».

Il s'empare goulûment de la boite contenant les piles en question. Il tire de sa poche le GPS sous le regard inquisiteur de Sam et glisse une pile dans l'espace vide qui l'attend impatiemment.

Il appuie sur le bouton allumant le GPS, miracle, il se met en route, Tom sursaute comme un enfant devant un sapin de Noël, il lance la localisation de cette mallette, le point brillant apparait...il est dans Shahat :

— Alors, c'est bon ? questionne paisiblement Sam.

— Oui, oui, il faut que j'aille tout de suite à Shahat.

— Ah bon, pourquoi ?
— C'est…c'est compliqué, je t'expliquerai, merci beaucoup pour la pile, on pourrait se revoir, je loge à l'hôtel Al Manara, on pourrait déjeuner ensemble ?
— Oui, pourquoi pas, accepte Sam sans enthousiasme, si tu veux.
— Je ne sais rien de toi, j'aimerais que tu me dises comment tu vis ici dans ces circonstances difficiles, surtout pour une femme seule.
— Qui te dit que je suis seule ?
— Ah non, excuse-moi, bon, là je suis pressé, je t'appelle…euh si tu me donnes ton numéro…
— Tiens ma carte du musée, balance Sam.
— Merci, à bientôt, lance Tom qui sort en courant.

Une fois dehors, il aperçoit bien sûr à une cinquantaine de mètres Karim et Abdelkader qui le regardent courir, et aussi un peu plus loin deux types accoudés à un pickup.

Tom ralentit, se met à marcher plus tranquillement, en se donnant un air dégagé, mais c'est trop tard, les deux types ne le quittent plus des yeux.

Ayant rejoint Karim, il lui demande s'il sait qui sont ces types :
— Cela a tout l'air d'être des mafieux ou des intégristes, ceux qui ont pu enlever Maroun, par exemple.
— Karim, il faut retourner d'urgence à Shahat, j'ai pu avoir une pile de la …
— De la directrice du musée ?
— Oui, tu la connais ?
— Oh tout le monde la connaît, c'est aussi une Maronite.
— Elle est à Shahat depuis longtemps ? s'intéresse Tom.
— Oui, depuis plus d'un an, je crois.

— Elle est mariée ? enfin je veux dire comment est-elle arrivée jusqu'ici depuis le Liban ?

— Je ne sais pas, tu lui demanderas, sourit Karim plein de sous-entendus, au fait je croyais que tu étais pressé d'aller de nouveau à Shahat ?

Embarquement rapide dans le pickup, Abdelkader conduit vite, mais pas suffisamment pour semer les deux types qui les suivent dans leur véhicule.
Tom s'inquiète :
— Au fait, tu es armé, Karim ?
— Non, pas moi, mais tous nos chauffeurs ont au moins un pistolet, à titre dissuasif.
— Alors appelle-les tout de suite et dis-leur de nous rejoindre devant l'ancienne maison de Maroun à Shahat, et surtout de venir armés !

Pour un peu Tom pourrait, grâce à son GPS, indiquer le chemin à Abdelkader qui hésite parfois à un carrefour ou un rond-point car le signal de la mallette est clairement centré sur la maison de Maroun.
Cela veut bien dire que Tom a raté sa fouille, il est curieux d'apprendre où il va découvrir l'objet.
Abdelkader se gare devant la maison de Maroun, Tom sort, Karim aussi, ils observent leurs poursuivants garés à une cinquantaine de mètres, ne cherchant nullement à se cacher, au contraire, ils matérialisent une menace, d'ailleurs ils sont en train de téléphoner.
Tom laisse Karim dehors, prêt à le prévenir en cas de menace. Il entre, muni de son GPS allumé, le signal n'est pas dans la pièce principale, plutôt vers l'atelier, où il se rend. L'information de Salim, le malheureux, était bien exacte…

La précision de l'appareil n'est cependant pas suffisante, il doit fouiller toute la pièce, cela va être long. Il appelle Karim, lui demande de lui envoyer Abdelkader pour l'aider et lui précise qu'il est bien dans l'atelier. Karim en profite pour rassurer Tom car leurs deux pickups viennent d'arriver en renfort, si besoin est.

Les recoins sont nombreux, l'atelier est grand, il faut parfois déplacer des antiquités pour découvrir s'il y a quelque chose derrière, ou bien vider des étagères qui pourraient dissimuler un objet.

Karim vient s'enquérir de l'avancement des fouilles :
— Vous voulez que je vous aide ?
— Non, Karim, reste dehors pour nous avertir si une attaque se prépare.

Tom commence à s'énerver, il teste à nouveau le signal du GPS, oui, c'est bien dans cette pièce, alors il faut continuer à chercher :
— Que fais-tu, Abdelkader ? s'inquiète Tom qui le voit arrêté près de la porte d'entrée.
— J'essaie de me mettre dans la peau de Maroun qui vient de recevoir des mains de Salim la mallette et qui doit la cacher immédiatement, alors je me demande quel endroit me sauterait aux yeux dans l'urgence.
— Et que vois-tu ?
— En premier, là-bas au fond, par terre, ce bazar, cet empilement, et ensuite aussi cette armoire qui est de travers.
— Commençons par ton « bazar », Abdelkader.

À deux ils déblaient rapidement ce tas, rien. « Passons à l'armoire, Abdelkader ! ».

L'espace entre une partie de l'armoire et le mur n'est pas gros, mais la mallette non plus, se dit Tom qui la sent soudain avec la main. Il demande à Abdelkader d'essayer de tenir l'armoire penchée pour agrandir l'espace avec le mur, Tom glisse son bras et extirpe la fameuse mallette de sa cachette avec un cri de victoire, qui coïncide malheureusement avec celui de Karim prévenant de l'arrivée d'individus hostiles.

Tom envoie Abdelkader dehors aider Karim, il s'assure que personne ne le voit et connaissant le code il ouvre la mallette en deux secondes : elle est bien pleine de grosses coupures de dollars américains.

Il ne peut pas sortir avec ce pactole sous le bras, il ne ferait pas dix mètres, il faut le planquer à nouveau, il choisit un recoin derrière des statues et sort en courant par la porte de la pièce principale, et non pas de l'atelier pour égarer d'éventuels soupçons.

Il tombe sur une scène du genre règlement de compte à OK Coral : les mafieux sont une dizaine, appuyés près de leurs trois pickups. De son côté, Karim a eu la riche idée de positionner les pickups des chauffeurs du groupe venus à la rescousse comme un mur de protection devant la maison et l'atelier. Il tient ainsi en respect les mafieux avec ses cinq chauffeurs.

Tom avance benoîtement comme si de rien n'était, il doit au moins montrer qu'il n'a pas peur, ce qui n'est pas tout à fait exact…En anglais et d'une voix forte, il apostrophe sans crainte les dix bandits, « c'est qui votre chef ici ? », pas de réponse.

Tom se tourne vers Karim, lui enjoignant d'appeler d'urgence Oleg et sa milice. Il lui tend une carte avec les numéros d'Oleg. Karim lui glisse que si Oleg est à Benghazi, il arrivera quand tout le monde sera mort… Tom hoche la tête, façon de dire « tu as sans doute raison ! ».

Tom se retourne vers les mafieux en criant « très bien ils arrivent », flottement dans leur groupe, il poursuit « alors c'est vous qui avez enlevé ce pauvre Maroun ? rendez-le-moi !! ».

Il prend conscience, mais il faut bien un début à tout, qu'il est en train d'entamer une négociation dans la rue avec un groupe de tueurs en Libye.

Silence général, les chauffeurs de Tom et Karim se sont retranchés derrière leurs véhicules, ont sorti leurs armes, essentiellement des pistolets. L'un d'eux a pourtant une Kalashnikov, c'est Tareq. Tom l'appelle près de lui, Tareq sort de son abri derrière son pickup, non sans réticence, « Tareq, chuchote Tom, on fait semblant de discuter un moment, c'est juste pour leur faire croire qu'on a tous des Kalashnikovs », puis il lui tape sur l'épaule et le renvoie à l'abri derrière les Toyota.

Tom interpelle le groupe menaçant, eux ont tous des Kalashnikovs.
Soudain un type se détache du groupe et s'approche. Tom n'hésite pas à l'apostropher :
— C'est toi qui a enlevé ce pauvre Maroun ?
— Oui, et je veux sa mallette ! dit le gars dans un anglais approximatif.
— Je m'appelle Tom, et toi ?
— Nasser !

Le chef mafieux est petit, râblé et costaud, pourvu d'une barbe noire touffue. Sa tenue en treillis de jardinage n'indique aucun signe religieux, ce qui est positif car il va juste s'agir d'une question de gros sous, et non pas de guerre sainte.

Tom adapte sa stratégie en fonction de ces considérations :
— Tu dois relâcher Maroun, que veux-tu en échange ?
— La mallette !
— Il n'y a que des livres dans la mallette, improvise Tom pour déstabiliser l'autre.
— Ce n'est pas vrai !
— Tu veux que je te la montre ? balance Tom, qui avance dans le brouillard, en pleine improvisation.
— Oui, tout de suite, aboie Nasser.
— Un instant, je te la cherche.

Tom fonce dans la maison, rafle une dizaine de gros bouquins, genre encyclopédie, bondit à l'atelier, vide les dollars américains par terre, pas le temps de les cacher, et fourre tous les bouquins dans la mallette, puis repasse dans la maison et prend la précaution de sortir par là, car les dollars trainent à l'air libre dans l'atelier.

D'un pas tranquille, il s'approche de Nasser, qui tient sa Kalashnikov des deux mains, puis fait semblant de manipuler le code, il ouvre avec précaution le dessus de la mallette et d'un geste théâtral vide les gros bouquins presque aux pieds de Nasser qui recule précipitamment, son arme braquée instinctivement sur Tom. Ce dernier jette ensuite la mallette par terre d'un geste théâtral :
— Alors, Nasser qu'est-ce que tu veux pour libérer Maroun ?

Le mafieux est désarçonné, il contemple cette mallette qu'il croyait être le pactole de sa vie, il rumine sa colère, Tom surveille les mouvements de l'arme automatique de Nasser, une rafale est si vite partie. Les acolytes de Nasser ont braqué leurs armes sur Tom et son groupe, Karim roule des yeux angoissés vers Tom, genre « ce n'est plus de mon âge, Tom, trouve un moyen de sortir de cette situation bloquée ! ».

Nasser n'a pas non plus l'intention de prendre racine dans cette rue, il doit sortir la tête haute, pour ses hommes et son aura dans Shahat :

— Je veux une rançon !

— Combien ? réplique Tom dans la foulée, dépêche-toi, j'ai fait appeler la milice Wagner, Oleg, tu connais ?

— Euh…deux cent mille dollars, lance Nasser à tout hasard, soudain pressé car le nom d'Oleg, jeté par Tom, a eu l'effet de précipiter les choses.

— Nasser, un peu de sérieux, sourit Tom qui se surprend à faire le mariole au bord d'un précipice avec ce bandit armé, d'abord je n'ai pas cet argent, ensuite le vieux Maroun ne vaut pas tant, je te propose quarante mille dollars.

— Cinquante, bafouille Nasser qui aime bien avoir le dernier mot.

— Bon, d'accord, de toute façon je n'ai pas plus. Je loge à l'hôtel Al Manara…

— Je sais, gronde Nasser.

— Viens sur le parking de l'hôtel, amène Maroun et je te donne l'argent, disons dans une heure.

Nasser ne répond pas mais hoche la tête positivement, il fait signe à ses gars d'embarquer dans les véhicules, leur départ se fait rageur sur les chapeaux de roues, dans la poussière.

Les cinq chauffeurs sortent de leurs planques derrière leurs véhicules. Karim vient vers Tom avec un sourire, « bien joué ! » lui dit-il.

Tom reprend son souffle :

— Je prends la mallette, je vais y remettre l'argent qui est dans l'atelier ; toi, Abdelkader, ramasse ces livres et repose-les sur des étagères dans le salon chez Maroûn. Ensuite nous partons en convoi à l'hôtel, nous devons être attentifs à une éventuelle attaque de ce groupe de mafieux

Quelques minutes plus tard, les trois pickups redescendent vers Susah, sans encombre. Ils se garent sur le parking de l'hôtel.

Tom fonce à la réception :

— J'ai une chambre ici, je voudrais déposer ce paquet dans votre coffre.

— Bonjour Monsieur Randal, je suis Ismaël, veuillez me suivre.

— Vous connaissez mon nom ?

— Tout l'hôtel vous connait, bien sûr.

— Ah ? merci, alors allons-y.

9

Une heure plus tard, Nasser arrive dans son 4x4 sur le parking de l'hôtel avec son prisonnier, les places à l'arrière étant occupées par deux gars lourdement armés.

Nasser et Maroun sortent. Le Libanais est vêtu d'un bleu de travail, il est vouté, fripé, triste, il marche pesamment. Il fait pitié.
Tom s'avance, balançant négligemment un sachet en plastique au bout de sa main.
D'un bras, il tend le sachet qui contient la rançon à Nasser et de l'autre il agrippe Maroun.

Nasser essaie de vérifier discrètement le contenu du sachet. Sur le parking de l'hôtel avec les caméras de surveillance ce n'est pas gagné. Il se contente de ce qu'il a vu et cru compter. Tom lui fait un signe de la tête, l'autre lui répond de la main, esquissant presque un sourire.

Ce doit être l'opération de libération d'un otage la plus rapide du monde, pense Tom. Mais il reste sur ses gardes, car Nasser n'a peut-être pas dit son dernier mot, il joue « à domicile », le « public » est pour lui…

Une fois le mafieux parti, Tom se présente à Maroun :
— Je suis Tom Randal…
— Ah ? est-ce vous qui venez de la part de Dampierre.
— Oui, venez avec moi vous asseoir dans le hall de l'hôtel.

Tom aide Maroun à marcher, ils s'installent dans les fauteuils du hall, Maroun demande un verre d'eau, sourit à Tom :
— C'est vous qui avez réussi à me faire libérer ?
— Oui.
— Ils m'ont agressé hier, Nasser voulait mes antiquités, ce sont des mafieux.
— Ils vous ont maltraité ?
— Non, pas vraiment, juste une fois ils m'ont frappé, je suis tombé en arrière sur la tête, j'ai dû perdre connaissance quelques instants, maintenant cela va.
— Mais je croyais que vous habitiez à Shahat, c'est Bernard Dampierre qui me l'avait dit.
— Oui, mais j'ai dû déménager, j'étais harcelé, pour dire les choses clairement, ce sont des intégristes qui cherchent à étendre leurs zones d'influence, un Maronite comme moi est une bonne cible pour eux. Quand ils m'ont roué de coups, à mon âge, j'ai compris que je devais plier bagage. Ils ont d'ailleurs fait de même au Liban quand j'étais jeune, village après village ils s'installaient et nous repoussaient hors d'une contrée.
— Vous avez d'autres membres de votre famille dans la région ?

— Non, je me sens très seul…l'autre jour, reprend Maroun après un soupir, quand ils m'ont attaqué, j'ai cru qu'ils allaient me tuer. Ces types, des intégristes ou des mafieux, m'ont dit qu'ils voulaient ma mallette, celle que Salim, vous le connaissez… ?
— Oui, oui.
— Donc, que Salim m'avait glissée. Le lendemain ils sont revenus pour me dire que j'étais de mèche avec la milice Wagner qui les aurait attaqués, ils racontent n'importe quoi, et hier ils m'ont enlevé.

Tom sent que Maroun s'empêtre dans ses explications, il faut aller au cœur du sujet :
— J'étais venu chercher la commande de Bernard Dampierre, j'ai…
— Oui, mais il y a un changement. Quand j'ai déménagé, de Shahat à Susah, ils m'ont déjà harcelé, ils ont cassé des pièces alors que je les faisais stocker dans mon nouvel atelier de Susah, explique Maroun qui manque de souffle et s'interrompt à chaque phrase.
— Des pièces commandées par Dampierre ?
— Oui, voilà ! mais je vais les remplacer par tout un lot de pièces d'argent qui datent de l'époque Justinienne, monsieur Dampierre ne sera pas perdant, loin de là.
— Vos antiquités sont à Susah ?
— Non, hier je les ai fait transporter par mes deux ouvriers à quelques dizaines de kilomètres d'ici, dans la maison d'un ancien employé en qui j'ai toute confiance, il s'appelle Fahez, il habite dans une ferme au sud d'El Beïda, en direction de Gandula, sur le plateau.

Maroun se cale dans son fauteuil, boit avidement son verre d'eau, reprend un peu de couleurs au visage :

— Voulez-vous que je vous fasse une visite rapide de Cyrène ? propose Maroun, j'ai été guide du site aussi, vous savez ! et puis nous avons un peu de temps, non ?

— Ma foi, volontiers, accepte Tom avec une arrière-pensée, mais je dois d'abord en aviser mon guide qui s'occupe du bon déroulé de notre mission, je vais le voir, il est au bar juste à côté, à tout de suite.

Karim discute au bar avec des touristes, un couple assez jeune, dans la trentaine, en tenue de baroudeurs, elle un peu austère, mâchoire carrée, coiffure Jeanne d'Arc, allure sportive, lui plus frêle, cheveux bouclés, lunettes d'écaille, tout dans la tête, sans doute.

Tom les rejoint, Karim lui sourit :

— Tom, je te présente monsieur et madame Hayange, des touristes qui nous font l'honneur de visiter cette belle région.

— Bonjour, je suis Fred Hayange et voici mon épouse Léa.

— Ravi de vous rencontrer, je suis Tom Randal.

— Touriste aussi ? questionne Fred.

— Pas vraiment, je suis là pour affaires, commerce d'antiquités. Vous êtes donc Français, ou francophones en tout cas ?

— Oui, je suis breton, ma femme est du Midi, précise Fred.

— Très bien, j'aurai certainement plaisir à vous revoir, peut-être sur le site de Cyrène.

Tom se tourne vers Karim, mais il voit entrer dans l'hôtel « l'apparition du Musée », la divine et éblouissante Sam Khouri qui vient à lui en souriant :

— Salut Tom, alors quand m'invites-tu à déjeuner ? lance Sam.

— L'après-midi est déjà avancée, je te propose plutôt de diner avec moi ce soir ?

— Volontiers !

— Et je vais partir avec Maroun Chehab...

— Ah bonjour Maroun, s'exclame-t-elle en le découvrant enfoui dans un fauteuil juste derrière elle, alors de retour ?

— Euh...oui...

— Nous partons, poursuit Tom, avec mon guide Karim et Maroun visiter Cyrène, tu veux te joindre à nous ?

— Avec grand plaisir, approuve Sam, et tu me présentes tes amis du bar, ici ?

— Ce sont des touristes dont je viens de faire connaissance, Fred et Léa, voici la directrice du Musée de Cyrène, une aubaine pour vous deux de la rencontrer ! s'enflamme Tom.

— Mais pourrions-nous, nous aussi, minaude Fred, vous accompagner lors de cette visite de Cyrène, on se fera tout petit, pas de ces questions permanentes à tout propos, comme les touristes habituels...

— Que vous n'êtes pas ! sourit Sam...

Du coup, cette excursion en groupe n'arrange plus du tout Tom. il annonce qu'il part en Toyota avec Karim et Maroun, Sam se chargera des deux touristes.

Maroun s'est un peu reposé, il sourit à Tom revenu vers lui. Karim les rejoint et les voici tous trois dans le pickup sur cette route qui grimpe une nouvelle fois sur le plateau vers Cyrène.

Ils s'arrêtent près de l'entrée sud-est, au niveau supérieur. Karim reste dans le véhicule pour le garder.

Maroun est un guide extraordinaire, il a pris Tom par le bras et le conduit à petits pas dans cette cité grecque la mieux conservée du pays, une cité prestigieuse de par sa situation géographique, sa prospérité à l'égale d'Athènes, et ses richesses architecturales et artistiques.

Le Libanais lui parle aussi, en reprenant souvent son souffle, des fameuse roses de Cyrène si odorantes. Il décrit aussi les asphodèles médicinales, odoriférantes, qui pouvaient repousser les…démons, elles poussent, précise-t-il, par exemple près des sources du site, qui sont des résurgences de cours d'eau souterrains. Il insiste encore sur les silphiums connus de toute l'Antiquité pour leurs vertus médicinales.

À un moment Tom aperçoit non loin de vieux rails tordus et rouillés, Maroun lui explique que les Italiens, lors de leur colonisation, procédaient à des fouilles sur ce site et utilisaient des wagonnets, sur ces rails-là, pour transporter les pièces antiques trop lourdes, ou les rochers provenant de leurs excavations.

Maroun confie à Tom qu'une journée ne suffit pas à visiter tout le site, alors « imprègne-toi de l'atmosphère magique de cet endroit » dit-il. Suivis à une dizaine de mètres par Samantha et ses deux touristes, ils traversent le quartier de l'Agora, le complexe du temple d'Apollon et la colline du fameux temple de Zeus. Le guide n'en peut plus, marcher l'épuise…

Vers la fin de cette promenade éblouissante, Tom questionne Maroun :
— J'ai une question plus spécifique, si tu permets, qui concerne ma mission, lance Tom.

— Je t'en prie, réplique Maroun, le souffle court.
— Tu es donc marchand d'antiquités, Maroun ?
— Oui, marchand officiel, mais par les temps qui courent, j'ai des précisions à te communiquer. Normalement et surtout avant 2011, c'était les services officiels qui pouvaient décider des pièces antiques à mettre sur le marché, et encore il y aurait un bémol à mettre dans cette affirmation…
— Je vois…
— Mais actuellement il faut d'abord trouver le service qui te mettra un tampon officiel sur les pièces à vendre.
— Et c'est à ce service que tu achètes ?
— En principe, oui, sourit Maroun.
— Et en pratique ?
— Ah ! soupire Maroun, il y a de tout, des marchés parallèles, des exportations illicites, des fouilles non autorisées, c'est difficile.
— Puis-je te demander si les pièces que tu vends à Bernard Dampierre et Thierry Galluis ont reçu un tampon de vente officiel ?
— La plupart, oui, sourit Maroun un peu gêné…
— Et les autres ?
— J'ai complété avec quelques œuvres achetées à des mafias locales.
— Il y a donc dans le lot pour Dampierre des œuvres très variées ?
— Oui, en plus des pièces d'argent, tu as la liste des statuettes en bronze, des métopes, des…
— C'est quoi, des métopes ?
— Ah ? je ne veux trop t'ennuyer, ce sont des panneaux de décoration, faciles à arracher : je t'explique, les colonnes d'un édifice supportent un entablement dont la partie inférieure, reposant directement sur les colonnes, s'appelle architrave.

Cette architrave est décorée de métopes, séparées entre elles par d'autres motifs , les triglyphes.

— Donc les métopes sont un produit très intéressant à voler ?

— Oui, enfin parmi bien d'autres, par exemple dans les nécropoles, que nous n'avons pas visitées, des tombeaux ont été pillés, qui contenaient des statues ainsi que des portraits de défunts, surtout dans des tombes réoccupées à l'époque romaine.

Samantha, qui les a rejoints, intervient :

— Tom, je suis désolée, je vois que Maroun commence à être très fatigué, penses-tu que nous pourrions écourter la visite ?

— Mais oui, bien sûr, tu aurais dû me le dire plus tôt, je suis navré, se désole Tom qui se rend compte que Maroun a bien l'air à bout de souffle.

— Mais non, cela m'a fait très plaisir de parler avec toi, Tom, cela m'a bien changé les idées, je suis content de me promener ici avec toi, c'est mon jardin d'Eden, dit Maroun en posant sa main sur le bras de Tom.

— Alors on va rentrer directement à l'hôtel, ordonne Samantha, mais où sont passés mes deux touristes ? ah là-bas, c'est bon.

— Tu fais bien, accepte Tom.

Maroun, qui s'était assis contre une colonne d'un temple, s'affaisse soudain lentement, Tom et Sam bondissent près de lui, le soutiennent, Maroun semble avoir perdu connaissance.

Ils l'allongent sur le sol dallé, Sam lui tient la tête, elle lui prend le pouls, s'inquiète, se tourne vers Tom, hochant négativement la tête.

Les deux touristes qui accompagnent Sam se tiennent serrés l'un contre l'autre, inquiets.

Maroun a les yeux clos, les traits du visage sont paisibles, il est mort, la plus belle mort qu'il pouvait espérer, au milieu de son paradis, de tout ce qu'il aimait ; finis les tracas et harcèlements, finies la méchanceté et l'agressivité de ceux qui l'entouraient, il y a donc toujours la mort pour s'en sortir…

Sam prévient immédiatement la police de Shahat, elle précise qu'il s'agit d'une mort naturelle, un vieux monsieur épuisé qui s'est soudain affaissé lors de la visite des ruines de Cyrène. Elle donne ses coordonnées et signale qu'elle veut s'occuper de son enterrement, sitôt le permis d'inhumer délivré. Elle se tourne vers Tom :
— J'attends que la police vienne emmener le corps de Maroun, rentrez tous à l'hôtel.
— Tu me rejoindras quand même pour diner ?
— Oui, si tu veux.

Tom et les époux Hayange retrouvent Karim au parking, où l'on s'aperçoit que Sam ne sera pas là pour conduire son véhicule, « on va tous se serrer dans la cabine du Toyota » décide Tom.

Tom est collé à la portière, Léa est contre lui, avec Karim et Fred on dirait quatre sardines.
Il sent la chaleur de la cuisse musclée de Léa, n'ose pas bouger un bras. Elle lui sourit :
— Tom, on peut se tutoyer ?
— Bien sûr.

— J'ai des conseils à te demander, pourrions-nous en discuter en arrivant à l'hôtel ?

— Euh…oui, bafouille Tom qui jette un œil en coin à Fred impassible.

Dans la descente vers Susah, Tom pense sans arrêt à Maroun qui a fini sa vie seul dans ce pays étranger où il avait trouvé refuge. Il se promet d'assister aussi à son enterrement, il se demande s'il y a des cimetières, sinon maronites, du moins catholiques à Susah.

Il s'interroge aussi au sujet des conseils que Léa veut lui quémander, son imagination explore trop de pistes possibles…

Arrivé sur le parking de l'hôtel, Tom prend un instant pour dire à Karim de se préparer à aller chercher les antiquités :

— Où cela ? s'interroge Karim.

— Il faudra emmener les deux employés de Maroun avec nous, eux connaissent le lieu de stockage, tu iras les récupérer à l'atelier de Susah, dont Sam connait l'adresse et nous partirons à trois Toyota, seulement de nuit après le diner, vers 21 heures.

— Je m'en occupe.

— Fais aussi le plein des Toyota, car nous emporterons la cargaison jusqu'à Marsa Matruh, et appelle immédiatement Thierry pour qu'il nous trouve un avion pour rapatrier la marchandise en France. L'avion doit être à l'aéroport de Marsa Matruh au plus tard demain matin à 6 heures. Ensuite nous reviendrons dans la foulée ici.

— Ah bon pourquoi ?

— Je t'expliquerai, j'ai des choses à terminer ici, je veux notamment être à l'enterrement de Maroun, Sam pense qu'il pourrait être enterré dès demain.

Ces instructions données, Tom va retrouver Léa, qui l'attend dans le hall de l'hôtel :
— Tu veux qu'on se mette au bar ?
— Non, Tom, je préfère qu'on aille dans ma chambre.
— Mais tu ne penses pas que… ?
— Non, c'est mieux, suis-moi.

Tom la suit jusqu'à l'ascenseur, il l'observe, la trouve belle bien qu'austère, elle attend l'arrivée de l'ascenseur en lui souriant, Tom ne sait plus sur quel pied danser, il n'avait jamais pensé que son charme naturel, si tant est qu'il en ait un, puisse agir aussi vite, il ne s'agirait pas non plus de faire une fausse manœuvre dans la cabine de l'ascenseur…

Elle appuie sur le bouton du quatrième étage, lui sourit sans prononcer un mot, Tom ne comprend pas, il ne s'est jamais fait emballer ainsi par une femme, belle de surcroit.
Avec sa clé elle ouvre la porte de la 421, entre, laisse Tom refermer derrière lui :
— Je n'ai pas été trop brusque ? s'inquiète-t-elle, mais il y a urgence !

Tom ne sait plus que penser, urgence de quoi, diable ? il la regarde droit dans les yeux, ils sont debout, tout proches, face à face, elle ne sourit plus, « aïe, ce n'est pas bon signe… » se dit-il :
— Je suppose que je peux te faire confiance, Tom.
— Euh…oui, pourquoi pas ?
— Fred et moi, nous travaillons pour le compte de services français.
— Ah oui ? débarque Tom qui interrompt dans sa tête son logiciel « séduction » et rembobine sur « espionnage en Libye ».

— J'ai besoin de toi pour une mission urgente.

— C'est-à-dire que là, je suis désolé mais je suis pris, je dois terminer ma tâche actuelle, récupérer des œuvres d'art et les rapporter à mon commanditaire.

— Je croyais qu'il suffisait de les charger et de les envoyer à Marsa Matruh.

— Oui, certes…mais, au fait, comment sais-tu tout cela ?

— Bon, prenons les choses à l'envers, je vais t'expliquer : deux de nos concitoyens ont été malheureusement capturés en Syrie il y a dix-huit mois. Ils auraient été exfiltrés clandestinement par leurs ravisseurs ici dans la région d'El Beïda, nous avons localisé à peu près leur lieu de détention.

— Mais comment peux-tu savoir que…

— Je continue : les otages sont détenus par un groupe mafieux dirigé par ce Nasser avec qui tu viens de négocier ce midi la libération de Maroun, ton marchand. Ce type cherche à obtenir le meilleur prix pour les otages que nous souhaitons délivrer.

— Cela ne m'étonne pas.

— D'un autre côté Oleg Kozlov, de la milice Wagner, avec qui tu as fait connaissance hier à Benghazi…

— Tu sais tout !

— Presque…Oleg aimerait aussi récupérer les otages pour les échanger avec des espions que nous détenons.

— Allons bon !

— Quant à ta nouvelle copine Sam Khouri…

— Ce n'est pas ma copine !

— Pas encore, sourit Léa, je ne sais pas son rôle, mais je t'en parlerai plus tard, donc Sam est bizarre, elle est comme une araignée sur sa toile qui attend sa mouche.

— Poétique, cela !

— Et puis tes commanditaires : Bernard Dampierre fait des affaires officielles, et quand il faut, il en fait des un peu moins officielles, je ne sais pas encore comment le classer dans la présente situation ici. Son acolyte pour la préparation de ton équipée, Thierry Galluis, est plus « border line », on se renseigne sur lui et on le surveille.

— Pourquoi tu me racontes tout cela ?

— Parce que je veux te confier la conduite de notre opération consistant à délivrer nos compatriotes, nous ne les abandonnons jamais.

— Mais en quoi puis-je t'aider, je ne suis rien du tout dans…

— Si, je vais t'expliquer.

— J'ai assez le sens de l'honneur pour aider à faire libérer des compatriotes enlevés par des mafieux, mais je ne marcherais que si c'est moi qui dirige l'opération ! je n'accepte plus qu'on m'envoie au casse-pipe sans me prévenir. Demain je suis absent, je compte livrer mes antiquités comme prévu en Egypte, je serai de retour demain soir, nous pourrons alors reparler de ton opération.

Tom salue de la tête Léa, qui reste bouche bée, et sort, content d'avoir eu le dernier mot .

Dans le hall il tombe sur Oleg, escorté de trois sbires, armés comme il se doit de leur sulfateuse habituelle, ils doivent sûrement dormir avec elle :

— Ah je t'ai retrouvé, Tom !

— Que puis-je pour toi ?

— Nous avons appris que tu avais eu affaire avec Nasser, notre bête noire, tu lui aurais racheté le Libanais Chehab qu'il avait pris en otage ?

— ...

— Avec quel argent l'as-tu racheté ? tu aurais donc l'argent de la mallette ? tu ne réponds pas ?

— Je réponds aux questions de la police libyenne, pas nécessairement à celles de gens qui me menacent avec un pistolet sur ma nuque, fanfaronne Tom.

— Tom, Nasser est notre ennemi commun, nous pourrions coopérer.

— Pourquoi pas, mais comment cela ?

— Tu as entendu parler, Tom, je suppose, de ces otages qui seraient retenus prisonniers dans la région ?

— Ah bon, toi aussi ?

— Pourquoi moi aussi , interroge Oleg.

— Non, rien, si tu veux bien on en reparle demain, car ce soir… au fait où es-tu basé en ce moment, toujours à Benghazi ?

— Non, dans la caserne à côté du poste de police de Shahat, pourquoi ?

— Je dois passer ce soir par là-bas avec des antiquités que je dois expédier en Égypte, puis-je compter sur toi si Nasser ou un de ses collègues m'empêche de passer à El Beïda.

— Je pourrais m'occuper d'eux, ce ne serait pas un problème, mais ce sera à charge de revanche !

— Merci, je serai de retour d'Égypte demain soir, nous reparlerons alors de notre collaboration, si tu veux, conclut Tom.

Il aperçoit Léa et Fred sortir de l'ascenseur, en même temps il essaie de voir qui entre dans l'hôtel, mais oui, c'est Sam qui vient diner avec lui.

Léa s'arrête près de Tom et lui demande s'il veut se joindre à Fred et elle pour diner, Tom sourit et s'excuse de ne pouvoir le faire, il est déjà pris.

Oleg suit du regard le couple qui se dirige vers la salle à manger de l'hôtel :

— Tu connais ces deux-là ? veut savoir Oleg.

— Je les ai croisés, ce sont des touristes français.

— En cette saison, c'est bizarre, non ?

— Il faut de tout pour faire un monde, suggère Tom.

— Je suis là, claironne Sam qui a traversé le hall, après avoir garé son petit Suzuki sur le parking de l'hôtel.

— Oleg, je te laisse, achève Tom, si je ne t'appelle pas en catastrophe ce soir, je te dis à demain en fin d'après-midi.

Oleg fait une moue devant la désinvolture de Tom qui se sent en confiance dans l'hôtel, il observe Sam et Tom se diriger à leur tour vers la salle à manger et cherche à imaginer les relations, les liens qui se créent entre ces groupes de gens, il aimerait bien en savoir plus.

10

Palmyre, Syrie.
Dix-huit mois plus tôt...

Dans la chambre 12 de l'hôtel Zénobie de Tadmor, la ville moderne qui jouxte l'antique cité de Palmyre, Kevin s'extrait du lit étroit, tandis qu'elle essaie de le retenir, elle se laisse appeler « Princesse » par Kevin.

On frappe à la porte, Kevin saisit son pistolet et chuchote « qui est-ce ? », « ach, c'est la Gestapo » ricane dans le couloir son collègue Jimmy.

Kevin ouvre et le fait entrer, Princesse veut se couvrir avec le drap, Jimmy lui balance « trop tard, j'ai tout vu ».

Jimmy se moque de Kevin qui cherche ses habits :

— Tu ne vas pas aller à poil au rendez-vous ?

— Je me dépêche, j'en ai pour trente secondes.

— Je resterais bien avec Princesse si tu peux aller seul à Palmyre...

Le fait est que ce rendez-vous est bizarre, pas dangereux mais bizarre, ils doivent se trouver dans une heure à Palmyre au début de la Grande Colonnade, l'ancien Decumanus Maximus. Certes Tadmor est tout près. La situation est plutôt calme ces jours-ci, après que quelques années de guerre aient sérieusement démoli de magnifiques bâtiments de Palmyre.

Kevin s'est habillé, son arme glissée dans la ceinture de son pantalon, Princesse se lève, nue, sans aucune gêne, et enfile un peignoir. Ils sont debout tous les trois, à attendre le coup de fil qui doit confirmer le rendez-vous.

Kevin tourne en rond, il déteste attendre, Jimmy fait les yeux doux à Princesse qui s'en fiche totalement.

« Je n'ai toujours pas compris, on doit voir des Russes ou des rebelles ? », questionne Kevin, « des Russes ! Fassol m'a dit qu'il était en contact avec des Russes, bien sûr, c'est lui qui a tout organisé, je lui fais confiance », « moi, je ne l'aime pas » dit Princesse, « pourtant c'est un beau gosse ! » rigole Jimmy.

Le téléphone sonne, Jimmy chuchote « c'est Fassol ! », il décroche avant qu'une deuxième sonnerie ait le temps de résonner dans la chambre aux murs en papier mâché, une voix annonce que « c'est confirmé »…

Kevin embrasse tendrement Princesse, Jimmy lui fait aussi un petit signe, les deux agents sortent de la chambre.

Princesse ne les reverra plus…

11

La nuit est tombée, Tom et Sam sortent de l'hôtel. Le repas n'a pas dissipé l'aura de mystère qui enveloppe Sam, elle fascine toujours autant Tom mais ne se livre pas dans les discussions. À un moment du repas, joignant le geste à la parole, il a appuyé ses propos en posant doucement sa main sur celle de Sam, elle l'a laissé faire. Elle a montré, de façon subliminale certes, qu'elle n'était pas insensible à sa présence près d'elle.

Sur le parking les trois Toyota sont alignées, les chauffeurs prêts, Karim sourit, c'est déjà une bonne chose :
— Où sont les deux ouvriers de Maroun ? questionne Tom.
— Là dans leur petite voiture.
— Sam et moi nous allons monter dans le premier Toyota avec Karim, Abdelkader tu grimpes dans le deuxième avec Aziz et Tareq, Luc et Silvio dans le dernier, nous suivrons la voiture des deux ouvriers de Maroun qui connaissent le chemin.

Tout le monde a embarqué, un pickup de l'équipe Oleg stationné non loin semble les surveiller, est-ce plutôt positif ou non ? il va sans doute les suivre, impossible de l'en empêcher…

La voiture des ouvriers de Maroun démarre, le convoi s'ébranle.

La traversée d'El Beïda se passe sans encombre, en convoi obligatoirement, car il n'est pas question de se perdre dans les petites routes. Par contre ils ont forcément dû retenir l'attention de certains habitants de la bourgade…

Ils s'engagent vers le sud en direction de Gandula.

Dans leur pickup, Karim tente de renouer la relation avec Tom, qui était un peu distendue :

— Tom, comme on approche de la partie sensible de notre voyage, je dois t'informer des détails de l'opération que nous avons prévue.

— Mieux vaut tard que jamais, approuve Tom.

— Comme il fait déjà nuit, nous pourrons charger assez discrètement les antiquités à la ferme de Fahez, l'ouvrier à la retraite de Maroun Chehab. Il s'agit en particulier de ces pièces qui ne sont pas sur la liste de ton client, des pièces d'argent de l'époque Justinienne, sans doute volées au général Bélisaire par ses troupes hunniques…

— Uniques ? bafouille Tom.

— Non, des Huns qui…

— Des Huns en Afrique du Nord, tu es sûr ? je croyais qu'ils…

— Eh non ! des mercenaires huns venus des steppes d'Asie Centrale, certes, et retournant chez eux par l'Egypte, d'ailleurs pour beaucoup d'entre eux le voyage s'est terminé en

Cyrénaïque : ici en fouillant on trouve pas mal de ces tombes hunniques. Mais je continue : en plus de ces pièces d'argent que nous cacherons sous les platelages démontables des pickups, on doit charger quatre lourdes statues funéraires en bon état sur le platelage, une dizaine de métopes, plus des statuettes en bronze.

— Question absurde, ou pas : ces antiquités sont volées ou légalement acquises ? interroge à nouveau Tom.

— Maroun Chehab avait un certificat d'acquisition du musée de Cyrène, tamponné par l'autorité légale actuelle de Cyrénaïque, cela vaut ce que cela vaut. Samantha, tu dois avoir un double de ce document, visé par le Musée, dans le dossier que tu as emporté.

— Oui, si on veut…

— Le chargement doit se faire en silence et en moins de deux heures, mais nous sommes nombreux, c'est faisable. Il est très possible que des groupes intégristes, ou des équipes de Nasser, viennent nous harceler, soit pour contrôler le trafic d'antiquités, prélever des commissions, ou encore organiser directement la vente par eux-mêmes.

— Il faudra donc se défendre !

— Tous nos chauffeurs sont armés, tu le sais.

— Ils ont quelle expérience des combats ?

— Ce sont tous des baroudeurs ou d'anciens mercenaires.

— Et toi ?

— Je ne suis pas armé, je ne suis pas bon à cela, trop vieux…mais sache que j'ai travaillé quelques fois pour des services français, c'était il y a plus de trente ans, depuis je ne suis plus du tout opérationnel, je dépanne de temps à autre avec des missions de guide ou de renseignement.

La route se rétrécit, les phares trouent l'obscurité, dévoilant l'espace d'un instant, sur les côtés, un paysage chaotique, karstique. Karim explique que le relief calcaire de cette région, sculpté par l'érosion, offre une variété de grottes, de chemins creux, de falaises, de canyons, le tout revêtu d'une végétation exubérante, dense et tortueuse.

Devant eux ils distinguent la petite voiture des ouvriers ralentir, puis s'arrêter, faire une manœuvre pour enfin s'engouffrer dans un étroit chemin qui serpente entre des blocs rocheux énormes. Karim manœuvre de même pour tenter de suivre.

Il s'aperçoit que les Toyota risquent d'avoir du mal à passer. Il s'arrête et sort pour vérifier si le passage est assez large. En se tournant il distingue la ferme de Fahez à une bonne centaine de mètres, ce serait mieux d'arriver à s'approcher de la ferme, sinon il faudra porter les antiquités, un boulot digne de…l'Antiquité.

Le premier Toyota procède délicatement, mètre par mètre, de temps en temps un rocher manifeste sa mauvaise humeur contre la tôle du véhicule, puis miracle la voie s'élargit façon Mer Rouge dans le texte biblique, c'est gagné.

Le dernier Toyota, celui de Luc et Silvio, s'est faufilé à son tour sans difficulté. Le coin est absolument désert, pour un peu on aurait évoqué son charme bucolique.

Fahez est sorti de son habitation, il vient saluer ses anciens collègues puis indique à Samantha où garer les Toyota qui vont transporter les antiquités. Il retire le cadenas de la porte d'un appentis qui ne paie pas de mine, Samantha découvre les caissons des pièces d'argent, les quatre statues funéraires, les métopes et aussi les statuettes en bronze.

Avec Fahez, ses deux anciens collègues et les cinq chauffeurs, ils sont huit à se lancer avec détermination dans le chargement des antiquités, les platelages des pickups sont déjà dégagés.

Tom, Samantha et Karim se mettent à l'écart pour organiser la suite des opérations :

— Dès qu'on aura terminé, commence Karim, il faudra décamper en vitesse, le coin n'est pas sûr.

— Tu as eu confirmation de Thierry pour l'avion demain ? s'inquiète Tom.

— Oui, c'est bon, il a ajouté qu'il va voir s'il peut se libérer, auquel cas il prendrait lui-même cet avion pour nous rejoindre à Marsa Matruh et nous aider.

— Pourquoi pas…et combien de temps pour la route jusqu'à l'avion ? poursuit Tom placide.

— Comme à l'aller, pas loin de 8 heures, il y aura moins de trafic de nuit quand même, confirme Karim.

— Il est quoi ? 21 heures, nous aurons fini vers 22 heures, c'est bon, on pourrait être vers 6 heures du matin à destination.

Le chargement s'achève quand soudain Karim donne l'alerte. Un véhicule s'approche sur la route qu'ils viennent d'emprunter. Ses phares déchirent la nuit, leur halo de lumière va atteindre l'embranchement d'où débute le chemin vers la maison de Fahez.

Le véhicule tourne maintenant et s'avance dans leur direction, toute l'équipe s'arrête de charger, les chauffeurs saisissent leur arme et s'abritent derrière leur pickup, tout comme Tom, Sam et Karim.

Fahez s'avance de quelques pas d'un air débonnaire vers le véhicule qui stoppe à cinq mètres de lui. Quatre énergumènes, pas sûr que ce soit des hommes de Nasser, s'approchent et engagent une discussion animée avec Fahez qui semble devoir s'expliquer sur la présence de ces pickups Toyota loués.

L'un de ces types, un intégriste semble-t-il, s'approche à un mètre de Fahez, lui saisit le col de son blouson, veut le secouer, Fahez cherche à se dégager, le ton monte, Fahez veut frapper l'intégriste qui réplique en sortant un poignard et d'un trait de lame coupe la gorge de Fahez. Celui-ci vacille, le sang jaillit à gros bouillons, il s'effondre.

Les quatre chauffeurs de Tom bondissent hors de l'ombre et tirent tous ensemble. Les quatre intégristes tombent au sol, leur chauffeur resté dans leur véhicule tente de s'enfuir par un demi-tour dérapé, façon film de course-poursuite, mais il s'écroule sur le volant, percé de balles aussi.

La scène n'a duré que quelques secondes, une minute au plus, déjà Tom lance l'ordre d'embarquer et de quitter les lieux avant que des renforts ne rappliquent.

Le chargement était quasiment terminé, on referme les hayons à l'arrière des pickups, Luc et Silvio s'emparent des Kalashnikovs aux pieds des intégristes morts, tous se hissent dans les cabines, les deux ouvriers de Maroun démarrent en premier, les trois Toyota légèrement distancées suivent.

Les tirs ont dû résonner dans tout le vallon, Tom préfère appeler Oleg :

— Salut Oleg !

— C'est toi qui as tiré ? je viens d'être informé qu'il y a eu une fusillade sur la route vers Gandula.

— Oui, je chargeais les antiquités, des intégristes nous ont attaqués. Peux-tu venir à notre rencontre sur la route de Gandula pour empêcher leurs renforts de s'organiser ?

— Bon, je viens, tu me revaudras cela, Tom, n'est-ce pas ?

— Bien sûr, Oleg !

A un kilomètre à peine d'El Beïda, Karim, qui roule en tête, ralentit, un pickup bloque le passage, sur le bas-côté la voiture des deux ouvriers de Maroun est dans le fossé, deux corps gisent au bord de la route, cinq énergumènes sont là, l'un fouille la voiture, l'autre est au téléphone, et trois barrent la route. Karim s'arrête, les deux autres Toyota derrière lui aussi.

L'un des types, armé de la Kalashnikov habituelle, vient interroger Karim sur sa présence à cette heure-ci dans les parages. Il lui demande aussi s'il a entendu les tirs d'il y a quelques minutes.
Soudain l'énergumène braque Karim et l'oblige à descendre de son pickup. Derrière dans les autres Toyota, chacun saisit une arme, prêt à en découdre à nouveau. Un autre véhicule arrive avec cinq autres intégristes qui veulent cerner les pickups lourdement chargés d'antiquités. La situation n'est plus en faveur de Tom.

Comme la cavalerie dans les westerns avec John Wayne, deux gros camions transports de troupe se pointent dans le dos des intégristes, ce sont les supplétifs d'Oleg, ils sont une bonne vingtaine, une énorme fusillade est déclenchée, pas de quartier, tout le monde est à découvert, une vraie bataille rangée à la Wagner, on achève les blessés au fur et à mesure qu'on avance.

Tom et ses hommes restent planqués derrière leurs Toyota, ajustant quand c'est possible les intégristes qui leur tournent le dos. Sam est étrangement calme, à l'abri derrière un pickup.

Dix bonnes minutes de feu d'artifice, tout El Beïda doit être réveillé, mais personne ne doit avoir osé sortir. Aucun renfort n'arrive pour l'instant.

Dans le silence des armes Oleg sort de l'ombre, jauge les dégâts, lui a perdu deux hommes, mais sur le sol il doit y avoir une bonne douzaine d'intégristes. Tom vient à sa rencontre :
— Je te remercie, tu as été très efficace, sourit Tom.
— Vas-y tout de suite, il y en a plein d'autres qui pourraient venir, on en reparle, abrège Oleg qui ne tient pas plus à rester au milieu de la route jonchée de cadavres.

La voie est libre, enfin façon de parler, il faut juste rouler sur les cadavres, ce qui secoue les antiquités sur les plateaux, Karim enclenche la vitesse, le convoi s'ébranle, les moteurs rugissent.
A l'entrée d'El Beïda, Karim connait une voie de contournement qu'il emprunte sans hésitation pour éviter d'éventuels renforts des intégristes, il fait bien, car quelques secondes après avoir quitté la route principale qui rejoignait le centre de la ville, il voit dans son rétroviseur une ribambelle de pickups chargés de types vociférants se ruer au loin vers l'endroit où gît dans le fossé la voiture des ouvriers de Maroun. Déjà retentissent des tirs de la milice Wagner à nouveau prise à partie.

12

Il faut maintenant faire environ 220 kilomètres pour retourner dans un premier temps jusqu'à Tobrouk. La descente du plateau du djebel Akhdar va être très lente de nuit pour atteindre la côte près de Derna. Ensuite le long de la côte jusqu'à Tobrouk, cela ira mieux mais il y a toujours le risque de croiser un dromadaire sur la route, donc s'ils mettent 4 heures ce sera bien.

La fatigue et la tension ont fait leur œuvre, souvent un véhicule doit s'arrêter pour un changement de chauffeur, les autres Toyota stoppent aussi, le convoi doit rester solidaire. Abdelkader est venu remplacer Sam au volant, Tom rejoint Karim dans l'autre cabine.

Chaque chauffeur guette régulièrement dans le rétroviseur l'arrivée éventuelle des poursuivants intégristes d'El Beïda, mais pour l'instant heureusement rien.

Karim, qui roule en tête, fait un signe au convoi derrière lui pour ralentir en vue de s'arrêter et faire une vraie pause juste après At Tamimi, au bord de la mer. À la sortie de cette bourgade, après le carrefour d'où part une route qui rejoint Benghazi directement sans passer par Shahat et El Beïda, il trouve une sorte de parking qui est le bienvenu.

Chacun sort de son véhicule pour se dégourdir, certains mangent un sandwich, d'autres fument une cigarette, personne ne parle vraiment.

Sam marche vers le Toyota de Tom, qui est debout adossé à la carrosserie. Elle lui prend un bras et s'appuie contre lui, Tom lui sourit, de la main droite Sam parcourt le visage de Tom, les joues, les lèvres, elle soupire. Toujours aussi mystérieuse, quelque chose l'empêche de s'extérioriser.

Karim sonne le départ, chacun embarque, les véhicules redémarrent.

Le trafic est calme, parfois ils croisent un énorme poids lourd qui les frôle dans la nuit.

Tobrouk by night est traversé en un éclair en utilisant la rocade de contournement, la ville semble complètement endormie, quelques kilomètres plus au sud ils aperçoivent un carrefour où ils bifurquent à gauche vers la frontière.

Il leur reste environ deux bonnes heures de route, le convoi s'organise pour la frontière, en tête Sam et Tom qui ont pris Abdelkader pour conduire, puis Karim avec Aziz, et enfin Luc et Silvio avec Tareq.

Tom compte sur l'autorité de Sam, directrice du musée de Cyrène pour passer la frontière comme une lettre à la poste. « Si tu parles de la poste libyenne, ce n'est pas gagné ! » commente Sam.

À l'approche de la douane libyenne, Sam, qui a repris le volant, ralentit, elle veut passer à très faible allure, mais un douanier l'arrête.
Elle doit se garer sous la surveillance du fonctionnaire qui en appelle un, puis deux autres. Le Toyota est encerclé.

Par miracle, les douaniers, obnubilés par le chargement du véhicule de Sam et Tom, laissent filer les deux autres Toyota qui s'éclipsent benoitement sans demander leur reste. Karim choisit de se garer à une centaine de mètres plus loin sur un parking juste après le portique de la frontière égyptienne. Il sort et vient discuter avec ses collègues du dernier véhicule tout en observant ce qui se passe avec Tom.

13

Sam et Tom sont escortés jusqu'au bureau des douanes, celui que Tom avait visité à l'aller, mais Karim n'est pas là cette fois-ci pour arrondir les angles…

On les a fait s'asseoir sur des chaises face au fonctionnaire de service.

Celui-ci s'adresse en anglais de foire à Tom qui lui fait répéter sa question.
Sam intervient en arabe, mais le douanier lui coupe la parole d'une phrase sèche dont Tom imagine le sens : « On ne va quand même pas se mettre à parler avec des femmes ».
Le douanier reprend avec Tom en articulant :
— Vous exportez donc des antiquités, à ce que je vois ?
— Oui, vous avez la liste des statues et métopes qui sont sur notre véhicule, répond Tom, qui se souvient à ce moment-là que les pièces d'argent cachées sous le platelage n'y figurent bien sûr pas.

— À qui allez-vous vendre ces statues ?
— Nous allons voir un client à Marsa Matruh, qui se trouve à environ…
— Oui, je connais cette ville. Vous avez le certificat d'authenticité des antiquités ?
— Oui, il est agrafé derrière la liste.
— Ah oui, et le document indiquant les taxes de sortie ? où se trouve-t-il ?
— Sam, c'est toi qui l'as ?
— Dis-lui qu'il est au dos du certificat d'authenticité.
— Oui alors, débute Tom, s'adressant au douanier, il est…
— C'est bon, je l'ai repéré, il est daté d'il y a deux jours, il a été fait où ?
— Sam, est-ce que tu sais … ?
— Dis-lui qu'il a été fait à El Beïda, c'est d'ailleurs marqué dessus, s'il sait lire, balance Sam en anglais à Tom.
— Tu peux dire à ta femme que je sais lire, intervient le douanier qui commence à s'énerver.

La porte s'ouvre, un type en djellaba et chèche, la Kalashnikov en bandoulière, balance un grand salam aleykum au douanier qu'il semble visiblement connaitre, il lui explique (ainsi que Sam le traduit en simultané à Tom) que ces chiens de Blancs ont attaqué un groupe au sud d'El Beïda et tué au moins cinq personnes, il veut les emmener avec lui pour qu'ils subissent le châtiment qu'ils méritent.

Tom se rend compte, à la façon dont l'intégriste commente la tuerie, que son groupe n'est sans doute pas lié à Nasser, il doit s'agir d'une autre faction.

Le douanier s'adresse maintenant à Sam et à Tom, toujours dans son anglais de confiserie :
— Vous avouez ?
— Quoi ? demande Tom.
— Vous avez tué des Libyens ! chiens que vous êtes !
— Il doit y avoir erreur, nous faisons le commerce d'antiquités, rien à voir avec ce que raconte cet homme qui doit avoir trop bu, déclare Tom dans son meilleur anglais.

L'intégriste d'El Beïda s'énerve, il dit avoir même reconnu le Toyota.
Le douanier le prend au mot, « allons voir ! », il se lève, appelle deux collègues douaniers, demande à Sam et Tom de les suivre, l'intégriste ferme la marche en ronchonnant.

À côté de leur Land Cruiser, stationne un pickup sur le plateau duquel trônent trois types du même acabit que l'intégriste, affublés de superbes barbes noires.

À chaque fois que Tom voit ces splendides attributs pileux, il se souvient d'une séquence du magnifique film de Lubitsch « To be or not to be », où il s'agissait de vérifier si une barbichette était postiche. Il en rirait presque si la situation n'était pas aussi tendue.

Le douanier-chef demande à l'intégriste comment il reconnait le véhicule, celui-ci hésite, tourne autour du Land Cruiser, ouvre le hayon arrière, tâte la carrosserie comme s'il cherchait des traces de balles par exemple, il doit se demander comment étayer son accusation.

Il veut s'appuyer sur le platelage, cela fait tomber par terre quelques pièces d'argent qui se mettent à tintinnabuler joyeusement en roulant au sol, car c'est le hayon qui obturait verticalement l'espace sous le platelage.

Sidération générale, Tom et Sam se regardent, désespérés. L'intégriste ne comprend rien.

Le douanier comprend tout. Il a des yeux écarquillés quand il voit encore quelques pièces brillantes tomber à terre.

Immédiatement il fait fermer le hayon pour retenir les autres pièces qui doivent se cacher prudemment. Il ordonne à ses adjoints de ramasser discrètement celles qui jonchent le sol.

Il s'approche de la cabine où Abdelkader s'était installé, patientant paisiblement au volant, lui ordonne de descendre en laissant les clés sur le contact.

Il revient vers l'intégriste, s'emporte contre lui, « tu vois bien que ce sont des marchands d'antiquités, pas des tueurs, rentre chez toi ».

L'algarade a attiré d'autres douaniers, trois policiers armés aussi, le pickup intégriste est entouré d'une bonne demi-douzaine de fonctionnaires armés. Le rapport de force est suffisant pour faire déguerpir ce pickup, les intégristes lancent auparavant quelques imprécations bien senties faisant sans doute référence à la hiérarchie religieuse, puis leur chef aboie le signal du repli.

Le douanier compte bien passer aux choses sérieuses :
— Emmenez ces deux marchands en cellule, dit-il à deux policiers
— Et leur pickup ? demande un autre douanier.

— Déplacez-le derrière le bâtiment, débarquez les statues qui sont sur le plateau, retirez ce platelage et récupérez les pièces, je viendrai surveiller les travaux.

Abdelkader est resté planté là au milieu de la zone, Karim qui suivait de loin ce spectacle voit toute l'opération en péril, il fait signe à Abdelkader de venir le rejoindre à pied, à une centaine de mètres de l'autre côté de la frontière et de s'installer dans un pickup.
Puis Karim fait l'inverse, il retraverse à pied la frontière libyenne et vient se poster à côté de la porte d'entrée du grand bâtiment des douanes. Il en profite au passage pour prendre des photos de leur Toyota en cours de déchargement par les douaniers et en particulier du douanier-chef, des pièces en main.

Une bonne heure plus tard, ce dernier a la satisfaction de voir le déchargement terminé, enfin disons celui des pièces d'argent, car ensuite il a fait remettre sur le platelage les statues en marbre, les métopes et les statuettes en bronze, ce genre de choses qui ne peuvent intéresser que des Occidentaux, n'est-ce pas ?
Les pièces d'argent ont été soigneusement stockées dans des poubelles et chargées dans le véhicule personnel du douanier-chef.

« Le chargement du Toyota Land Cruiser est donc maintenant conforme à la liste présentée par vous, marchands », fanfaronne-t-il à l'adresse de Sam et Tom à travers la grille de leur cellule :
— C'est du vol ! s'insurge Tom.
— Calme-toi, Tom, et vous, écoutez-moi, dit Sam, vous ne pouvez pas nous garder ainsi en prison.

— Bien sûr que si, le délit est caractérisé ! dissimulation d'antiquités à l'exportation, dans notre pays on va en prison pour quelques années, affirme le douanier.

— Qu'avez-vous de sérieux à nous proposer ? lance Sam impavide.

— Voyons voir, c'est à réfléchir, vous n'êtes pas pressés ? vous avez bien quelques jours pour patienter dans cette cellule, s'amuse le douanier.

— J'ai reçu de notre chauffeur les photos qu'il a prises de vous avec les pièces d'argent en main près de notre véhicule, et plus tard aussi lorsque ces pièces ont été apportées dans votre véhicule, rétorque Sam. Il est maintenant en Égypte, hors de votre portée, à vous de nous faire une proposition, négocie Sam qui semble maitriser toutes les subtilités du poker libyen.

— Comment savez-vous ces détails du chargement ?

— Très simple, à travers les barreaux de la fenêtre de notre cellule, j'ai vu et entendu vos douaniers décharger puis recharger, j'ai entendu vos ordres en arabe, explique tranquillement Sam.

Le douanier soupire, cette femme quelle engeance !

Changeant de registre, exaspéré par ces deux êtres malfaisants et se satisfaisant pleinement de son butin, il propose un « deal » :

— Je dois épargner à notre administration des frais d'incarcération, je vais vous libérer, vous allez reprendre votre Toyota et quitter les lieux, si je vous revois à faire ce genre de trafic, je ne garantis en aucune façon votre sécurité.

— Nous acceptons, fait Sam qui bondit sur l'occasion sans consulter Tom.

Le douanier s'en va, ordonnant au geôlier de les libérer et de veiller à ce qu'ils partent immédiatement.

À leur sortie du bâtiment ils tombent sur Karim qui les attendait angoissé.

Tous trois grimpent dans le Toyota soulagé de ses pièces d'argent, traversent la frontière et rejoignent le reste de la bande, Abdelkader, Aziz, Tareq, Luc et Silvio. Tom donne les directives pour la dernière étape en territoire égyptien.

Conciliabule, observé de loin, de l'autre côté de la frontière par un douanier.

14

Le jour s'est levé depuis un moment quand la vaillante colonne d'aventuriers arrive à 6 heures à l'aéroport de Marsa Matruh.

L'activité sur la plate-forme aéroportuaire est faible, au plus un ou deux vols sont attendus.

Les trois véhicules se garent, Tom et Karim se dirigent vers le bureau d'accueil à l'entrée.
Tom explique qu'il doit charger des bagages dans un avion chartérisé par lui et sans doute déjà stationné sur le tarmac.
La préposée du bureau appelle un collègue qui ne tarde pas à se présenter avec un dossier. Tom et Karim prennent connaissance de ces documents laissés par Thierry avec tous les justificatifs.
L'agent de service accompagne Tom pour lui montrer par où passer avec ses Land Cruiser afin d'aller garer au pied de l'avion qu'il montre du bras.

Puis il l'emmène dans un bureau où Tom fait connaissance des pilotes et du stewart, à qui il confie ses documents de vol :
— Votre collègue est ici, annonce un pilote à Tom.
— Qui cela ? demande Tom qui tombe des nues.
— Thierry Galluis, répond le pilote en consultant un document, il est arrivé à Athènes de Paris vers 23 heures hier, et nous avons décollé ce matin à 1 heure, il n'a pas beaucoup dormi, il se repose dans la pièce à côté.
— Ne le réveillez pas pour l'instant, nous allons procéder au chargement de nos marchandises.

Au pied de l'avion, c'est une vraie fourmilière, tout le monde s'active.
Près de la soute Abdelkader et Tom, mis à contribution, s'emploient à charger les statues en marbre qui pèsent lourd et les métopes qui pèsent aussi leur poids, mine de rien. Trois employés des pistes proposent même de les aider, Tom accepte volontiers.

Dès que le premier Toyota a été vidé, Sam est allée voir Tom pour lui dire qu'elle préférait partir tout de suite, la police de Susah l'ayant appelée pour l'informer que l'enterrement de Maroun se faisait cet après-midi. « Tu ne seras pas trop fatiguée de conduire seule ? », s'inquiète Tom. Sam ne change pas d'avis, alors Tom accepte. Il lui confie celui des Toyota qui est déjà vide, il ne s'agirait pas qu'elle se fasse arrêter à la frontière libyenne dans l'autre sens…
Au volant du Toyota, elle lui fait un petit signe de la main et un pauvre sourire. Il la regarde s'en aller, en se disant en lui-même « drôle de fille ! ».

En un peu plus d'une heure, les deux autres Toyota ont été vidés, les antiquités sont en place dans la soute, solidement arrimées.

Tom retourne au bureau des pilotes, il y trouve Thierry qui est réveillé :

— Alors, bien dormi ? s'enquiert Tom.

— Oui, j'ai eu un coup de barre. Alors, cette opération Antiquités ? tout s'est bien passé comme on l'avait prévu ? demande Thierry.

— La routine, quoi ! une dizaine de morts en route, sinon rien de spécial.

— Ah ? se demande Thierry qui ne sait comment interpréter cette réplique de Tom.

— Quel est ton programme, Thierry ?

— Je venais vous apporter mon aide…

— C'est gentil…

— Au fait tu as récupéré l'argent de Bernard ?

— Oui, j'ai dû verser une caution de cinquante mille euros pour libérer Maroun des griffes des mafieux, sinon j'ai tout le reste, faut-il le restituer à Bernard ?

— Bien sûr, c'est à lui.

— Mais alors il n'aura pas payé les antiquités qu'il va recevoir, argumente Tom.

— Tu voudrais en faire quoi ? le garder ?

— Je n'y ai pas réfléchi…

— Tu me le donneras, je lui rendrai, où est-il ? veut savoir Thierry.

— A Susah, j'ai fait mettre la mallette dans le coffre de l'hôtel, précise Tom boudeur.

— Après tout c'est l'occasion de vous y accompagner, conclut Thierry.

Avant de sortir du bureau, Tom demande à Thierry ce qu'il a prévu comme plan de vol retour pour l'avion sur le tarmac :

— Rien pour l'instant, nous devons en discuter tous les deux.

— Je dois aller à l'enterrement de Maroun Chehab cet après-midi, chercher l'argent et régler quelques petits détails en suspens…

— Quel genre de détails ?

— Inutile pour l'instant d'en parler, on a mieux à faire, mais je pense qu'il faudrait garder l'avion en stand-by jusqu'à demain dans l'après-midi si c'est possible.

— Bon, bougonne Thierry après un moment de réflexion, je m'en occupe avec la compagnie aérienne. Le vol de retour se fera de toute façon vers Athènes où est basé cet avion.

— Très bien, merci, conclut Tom, alors en voiture !

Comme il n'y a plus que deux véhicules disponibles, Tom répartit les sièges, il s'assoit avec Thierry et Karim dans le véhicule de tête, Aziz, Abdelkader et Tareq s'installent dans la cabine du deuxième Toyota, Luc et Silvio préférant prendre l'air sur le plateau à l'arrière.

15

Pendant leur trajet, Tom reçoit un appel d'Oleg :
— Tu es encore en Egypte, Tom ?
— Non, Oleg, nous venons déjà de traverser Tobrouk.
— Je dois te prévenir, les intégristes n'ont pas apprécié notre petite sortie de cette nuit, El Beïda est en ébullition, je viens d'ailleurs de faire acheminer une autre compagnie de la milice Wagner en renfort dans cette région.
— A ce point-là ?
— Oui, je sécurise déjà les carrefours sur les itinéraires importants, et je vais aussi protéger la ville de Susah, où se trouvent notamment des ressortissants étrangers, c'est la police qui me le demande.
— Tu sais où est situé le cimetière de Susah ?
— Pourquoi ?
— Je veux assister à l'enterrement de Maroun.
— C'est un cimetière champêtre à la sortie vers Ras-al Hillal. Il faut que je te voie à ton arrivée, préviens-moi dès que tu es libre, d'accord ?

— Ok, à plus tard, conclut Tom, laconique.

Thierry n'a curieusement pas posé de questions sur ces agissements de la nuit passée, mais sitôt l'appel de Tom terminé il appelle la compagnie aérienne qui chartérise l'avion et règle les détails du retour à Athènes pour le lendemain après-midi.

Après Derna il y avait deux options, soit prendre la route de la côte par Ras al Hilal qui arrive directement à Susah mais qui est moins roulante, soit passer par Shahat et descendre sur Susah. Tom en discute avec Karim qui lui recommande de passer par Shahat pour sentir l'ambiance, estimer s'il y a un danger latent.
La traversée de Shahat se fait sans encombre, même si des rassemblements de groupes véhéments aux carrefours indiquent que la tension monte dans la population …

Karim qui conduit traverse ensuite Susah, prend la sortie vers Ras-al-Hilal. Le cimetière est sur la droite. Tom demande à Karim de le laisser à l'entrée : « je rentrerai avec Sam, elle me déposera à l'hôtel ». Le cimetière est si petit que Tom aperçoit bien Sam au milieu d'un petit groupe d'une demi-douzaine de personnes. Elle l'a vu aussi et lui fait signe à sa descente de la cabine.

Obligé de descendre du véhicule pour laisser sortir Tom, Thierry observe de loin ce groupe de l'enterrement, puis préfère remonter à côté de Karim.

La vue sur la mer est paisible par ce temps calme, reposer pour l'éternité avec cette vue doit être une consolation peut-être, se demande Tom…

Les tombes sont très simples, marquées par une plaque de marbre ou de pierre plus ou moins grande, portant sobrement des noms et des dates gravés.

C'est sans doute un cimetière chrétien, mais on ne voit aucune croix sur les tombes, il est vraiment très petit. Le groupe est penché sur une fosse, Tom s'approche de Sam qui lui prend la main.

Une caisse en bois est déjà au fond, les gens s'apprêtent à quitter les lieux. Sam lui dit que ce sont des voisins de Maroun ou des artisans qui ont travaillé pour lui.

Elle lui explique qu'il n'y a pas de croix chrétiennes sur les tombes en Libye, en tout cas pas en zone intégriste…elle ajoute d'ailleurs que les intégristes avaient même détruit des pierres tombales chrétiennes dans les cimetières militaires de Tobrouk il y a une bonne dizaine d'années…

Le rite maronite a été remplacé par une cérémonie purement catholique. Un menuisier mandaté par Sam a apporté en urgence une plaque, en bois pour l'instant, qui porte le nom de Maroun Chehab et sa date de décès seulement, personne ne connaissant sa date de naissance.

Sans famille connue, Maroun termine ainsi sa vie sur Terre, dans le silence des hommes et le murmure des vagues.

Très émus, Sam et Tom se retirent, il la prie de le déposer à l'hôtel, mais elle lui demande de l'accompagner chez elle, elle n'a pas le cœur de rester seule pour l'instant. Tom accepte.

Elle l'entraine vers son petit 4x4 Suzuki, qu'elle avait retrouvé sur le parking de l'hôtel lorsqu'elle y a déposé, au retour de Marsa Matruh, le Toyota prêté par Tom.

hAprès la énième remontée de la route de Cyrène vers Shahat, Sam bifurque vers son Musée, gare à côté de sa porte d'entrée.

Elle lui propose un thé :
— Tu as quelque chose de plus fort ?
— Oui, du bourbon…
— Volontiers.

Tom s'installe dans un fauteuil, Sam qui a aussi pris un bourbon se love sur le canapé :
— C'est tellement triste de finir ainsi sans être entouré des siens, soupire Sam.
— Oui… tu as de la famille en Libye ?
— Non, mes frères et sœurs sont au Liban, mes parents sont morts.
— Si tu quittais la Cyrénaïque, tu pourrais venir t'installer à Paris, il y a une grosse communauté maronite ! tu sais, au début de mon activité de détective, je logeais près de la rue Mouffetard, dans le quartier de la Contrescarpe, et je passais souvent rue d'Ulm devant la cathédrale Notre-Dame du Liban, j'y suis entré une fois, j'ai été saisi par la ferveur et la gentillesse des gens qui priaient, c'est une communauté très soudée.
— Je comprends mais tu vois, je ne suis pas ici par hasard, je ne peux pas m'éloigner pour l'instant.
— Tu as peut-être ici un ami, un mari ?
— Pas de mari, non, sourit pauvrement Sam, un ami, oui, mais…
— Mais ?
— Je ne sais pas si je peux te raconter tout cela, cela me soulagerait, surtout en ce moment, mais je ne veux pas que tu…
— Je t'en prie, je t'écoute, chuchote Tom.

— Alors voilà, débute Sam péniblement après un gros soupir, c'était il y a environ deux ans, j'ai rencontré un Français à Beyrouth, cela a été le coup de foudre, comme on dit chez vous. Au bout de quelques mois, il s'est mis à me faire confiance et donc à me faire des confidences. Si je continue, c'est maintenant à toi de me promettre de garder secret ce que je te dirai.

— Je te le promets, déclare solennellement Tom.

— Il m'a confié qu'il était militaire dans un service français, peut-être la DGSE ou la DRM, je ne sais pas du tout, qui…

— Oui, ou peut-être juste militaire ? commente Tom, tout d'un coup en alerte maximal.

— Quand il a été envoyé en mission en Syrie avec un collègue, je l'ai suivi. Kevin et…

— Kevin ?

— Oui, c'est son nom, Kevin et son copain Jimmy logeaient dans un petit hôtel de Damas, j'y ai pris une chambre aussi, en tant que Libanaise je passais quand même plus inaperçue qu'eux deux.

— J'imagine.

— J'étais folle de Kevin, nous nous voyions dès que possible, il faisait surtout du renseignement, ce n'était pas trop dangereux, enfin il y avait pire, soupire encore Sam qui fait une pause.

— Prends ton temps, je t'écoute, je suis avec toi, bredouille Tom qui commence à comprendre qui est Sam.

— Un jour ils ont été postés à Palmyre, la ville avait souffert énormément pendant les combats des dernières années, j'habitais avec Kevin dans sa chambre, c'était le paradis pour moi. Il y avait une dizaine de leurs collègues à Palmyre, c'était une plaque tournante pour je ne sais quelles opérations. Des négociations permanentes permettaient aux belligérants, les Syriens, les Russes, les rebelles de toutes factions de se parler si nécessaire. Parmi leurs collègues il y avait un certain Fassol qui leur donnait des ordres, un type que je ne pouvais pas sentir, manipulateur en diable.

— Il s'appelait Fassol comment ?

— Ils s'appelaient tous par leurs prénoms, jamais de nom de famille, et je suis sûre que leurs prénoms étaient inventés.

— Inventés ? ou codés ?

— Oui, sans doute que c'était un code en mission, je ne connais même pas le vrai prénom et encore moins le vrai nom de famille de Kevin.

— Je t'écoute, Sam, affirme Tom ému par ce récit, mais aussi en alerte, face à sa « petite sirène de Cyrène ».

— Un jour, Fassol a fixé un rendez-vous à des Russes, je crois, pour Kevin et Jimmy, il s'agissait d'échanger des informations sur les positions des rebelles, je n'en sais pas plus. D'ailleurs c'était la dernière mission de Fassol avant d'être muté ailleurs.

— Tu l'as donc rencontré, ce Fassol ?

— Oui, bien sûr, plusieurs fois, d'ailleurs il avait déjà essayé de me draguer en présence de Kevin, un grand type, costaud, enfin ils sont tous costauds dans ce métier, non ?

— Je ne sais pas, Sam...

— Kevin et Jimmy sont partis un matin à l'aube à ce rendez-vous fixé par Fassol, à la Grande Colonnade de Palmyre, ils ne sont jamais revenus...

— Quelle histoire, bredouille Tom qui ne sait que dire.

Sam se lève, se reverse un peu de bourbon, en propose à Tom qui accepte, elle repose la bouteille et dit « ce n'est pas fini, Tom ».

Tom lui fait signe de revenir s'asseoir et de reprendre son récit :

— Je suis retournée au Liban, j'ai scruté toutes les rumeurs qui couraient sur ces disparitions, je ne vais pas entrer dans le détail, c'est fastidieux, mais un jour un informateur que j'ai rémunéré m'a glissé comme une banalité que Kevin et Jimmy avaient été exfiltrés en Libye, plus précisément en Cyrénaïque. Alors sur la foi de ces maigres et invérifiables renseignements, j'ai décidé de venir vivre ici pour en savoir plus. Ma formation d'archéologue m'a permis de trouver ce job au musée de Cyrène.

— Depuis quand es-tu ici ?

— Je suis arrivée il y a bien un an. Après avoir trié plusieurs rumeurs, j'ai fini par avoir la bonne information sur leur lieu de captivité...

— Qu'est-ce qui te fait dire que l'information était exacte ?

— Je l'ai eu par un ancien garde des otages qui n'en pouvait plus de faire ce « métier », il était outré, bref il m'a décrit l'endroit où ils étaient détenus.

— Mais tu n'as pas pu vérifier cette info ?

— Si, enfin presque. L'endroit en question est près de Ras-al-Hilal, un coin très joli d'ailleurs avec des ruines antiques aussi, j'y suis allé avec un ancien gardien de mon musée qui m'a conduit. On a pénétré par un chemin de terre dans une forêt, le gardien s'est pris à croire d'ailleurs que je voulais passer un moment intime avec lui, c'en était presque cocasse, heureusement, si je puis dire, des hommes armés nous ont bloqué le passage, ils n'ont pas été agressifs, ils nous ont pris pour ce que nous avions l'air, des employés du musée, inoffensifs, qui cherchaient un coin tranquille.

— Tu as donc la position GPS exacte ?

— Oui, pratiquement. J'ai écrit tout cela au Ministère des Armées à Paris : j'ai confié ma lettre à Maroun qui l'a déposée, lors d'un déplacement à Tripoli, à l'ambassade de France pour être postée en France. Je n'ai jamais eu de réponse…voilà où j'en suis…

Tom laisse un silence s'installer après une si longue confession. La nature de Tom est telle qu'il commence par se demander si ce récit doit le pousser à révéler à Sam ses entretiens avec Léa. Il réfléchit d'abord, puis :
— Tu reconnaitrais Fassol si je te montre plusieurs photos ?
— Oui, bien sûr, tu as donc des informations ?
— Non, pas du tout, dit Tom en se fermant comme une huitre, conscient d'être allé trop loin.

La conversation est bloquée, elle a été trop curieuse, et lui s'est senti manipulé.

Il se lève, s'avance vers la fenêtre qui donne sur le parc entourant le musée, soupire aussi, non, c'est fini pour aujourd'hui.
Il fait mine de jeter un œil à sa montre et s'écrie qu'il a rendez-vous avec les deux touristes français à l'hôtel.
Il s'apprête à prendre congé de Sam, sentant bien qu'il fait une fausse manœuvre, Sam est épuisée par ses confidences qui ne lui ont apporté aucun réconfort, elle en vient à regretter d'avoir ainsi ouvert son cœur à Tom.
Les deux sentent bien qu'il faut rompre ce silence avant de se quitter :
— Je suis désolée de t'avoir ainsi importuné, Tom.
— Pas du tout, je te remercie de la confiance que tu m'a accordée, je te dirai dès que possible si j'ai des éléments à te communiquer.
— Merci.

— Je m'en vais, prends soin de toi et fais attention, la situation est trouble dans la région, ne prends aucun risque, vérifie bien tout, à bientôt.

Ou à bien tard… ?

16

Tom est sorti de chez Sam un peu vite, il s'aperçoit qu'il n'a pas de véhicule, c'est Sam qui l'avait ramené du cimetière, il a l'air fin... Un berger qui passe à travers le parc du musée avec une quinzaine de moutons le dévisage, même les moutons s'interrogent.

Il revient sur terre, appelle Karim, « viens me chercher, je suis... », « oui, je sais où tu es, j'arrive ».

Bon sang, tout le monde sait ce qu'il fait, cela énerve Tom !

Quelques minutes plus tard, Karim le dépose à l'entrée de l'hôtel. Il doit bien être déjà 17 heures :
— Tiens-toi disponible avec nos gars, je ne sais pas encore ce que la soirée nous réserve, Karim.
— D'accord, pour info, Fred le copain de Léa t'attend dans le hall.

— C'est ce que je pensais, j'avais laissé entendre à Léa que je pourrais la voir à mon retour d'Égypte.
— Il y a aussi Oleg de sinistre mémoire qui est passé, furieux de ne pas te trouver, je lui ai dit de revenir dans une demi-heure.
— Diable ! tu crois que les deux se connaissent ?
— Tom, ici tout se sait...

A peine entré, Tom bute sur Fred qui s'est éjecté de son fauteuil du hall comme un pilote de Top Gun.
Sans explication Fred l'entraine vers l'ascenseur manu militari.

Tom se retrouve dans la chambre 421 où l'attend Léa passablement remontée, sur ses grands chevaux si l'on peut dire... :
— Enfin, Monsieur est de retour ! s'exclame Léa.
— ...
— Comme je te l'ai dit, je te confie la mission pour les otages, avance Léa.
— Rappelle-moi ce qui m'obligerait à t'obéir ? tacle Tom.
— On ne va pas jouer au plus fin, le temps presse : avec tout le bordel que tu as mis dans la région, il semblerait que les mafieux ont des velléités de transférer les otages ailleurs pour les mettre en lieu sûr, or nous avons déjà eu un mal fou à les localiser, nous devons agir dès ce soir !
— Et pour répondre à ma question ?
— Soyons clair, si tu n'acceptes pas, dès que ton avion atterrit en France, nous ferons saisir la cargaison d'antiquités illégalement importées, ta mission pour Bernard Dampierre s'arrêtera là !
— Très élégant !

— Non, très légal…
— Bien, que proposes-tu, Léa ?
— Très simple, nous n'intervenons pas concernant l'avion, et toi tu vas ce soir avec ton équipe organiser la récupération des otages.
— Admettons, soupire Tom, comment devrais-je procéder pour les otages ?
— Tu as deux options, la première tu repères d'abord les lieux, je te fournirai la position de la cache où sont gardés les otages, et ensuite tu y vas en force avec tes gars… La deuxième option : tu négocies avec le fameux Nasser qui est en charge des otages, et tu lui donnes ce qui reste du million de dollars que t'a confié ton Bernard Dampierre, cette seconde option est la plus élégante, la moins risquée aussi…
— Tu as la position GPS de la cache ?
— Oui, nous avons réussi à l'obtenir.
— Comment ?
— Quelle importance ? dit Léa qui botte en touche.
— Question de fiabilité de l'information !
— Nous nous sommes basés sur un courrier anonyme et l'avons vérifié ici même.
— Anonyme ? ricane le détective.
— Oui, Tom, qu'est-ce que tu cherches ?
— Rien, c'est ta suffisance qui m'énerve, mais passons.

Fred fait discrètement signe à Léa de se calmer, d'être moins cassante, elle se demande d'abord de quoi il se mêle, mais après tout il a peut-être raison …
— Bon, Tom, voici la position GPS, c'est à côté de Ras-al-Hilal, un village sur la côte. Quand tu arrives là-bas, tu quittes la route principale vers la droite, tu suis le GPS, une petite route de terre monte fort sur le plateau et s'enfonce dans un vallon

étroit et très boisé, une position facile à défendre, malheureusement.

— Tu sais combien de gardes sécurisent la position ?

— Une demi-douzaine, cela varie, jamais plus de dix.

— Admettons, soupire encore Tom, et ensuite à supposer qu'on les a récupérés, on en fait quoi ?

— Là aussi deux options…

— C'est une manie, ricane Tom.

— La première, poursuit Léa qui n'a pas relevé, celle que nous avons préparée, c'est de les emmener à un port, Susah par exemple, ou Derna, ou encore Tobrouk, selon la situation et les obstacles. Nous avons un escorteur d'escadre, le D'Estrées, qui croise en dehors des eaux territoriales, il a mis à la mer une vedette rapide disponible pour les recueillir dans un port.

— La police ne s'opposerait pas à cet accostage dans un port sans se soumettre à un contrôle douanier ou autre ?

— Cela peut être un problème, oui, mais pas insurmontable...

— Et la deuxième option ?

— C'est toi qui les emmènes à Marsa Matruh, tu les embarques dans ton avion affrété pour tes antiquités.

— Comment vais-je passer la frontière avec deux types sans papiers ?

— A vous de voir…

— Comment s'appellent-ils ?

— Jimmy et Kevin.

Tom prend un moment pour réfléchir à cette opération. D'un côté il serait fier d'aider à une telle libération d'otages, d'autant plus que cela serait un miracle pour Sam. D'un autre côté il est en Libye pour une mission concernant la livraison d'antiquités en France. Twiggy lui dirait de ne pas prendre de risques inutiles, ce qui le décide…à accepter la mission de Léa !

Tom sort de son silence, que Léa a respecté :
— Avec qui suis-je en contact pendant toute l'opération ?
— Fred, donne tes coordonnées à Tom.
— Et si Fred ne répond pas ?
— Fred, donne les miennes aussi.
— Si on prend le chemin d'accès naturel, on va tomber automatiquement sur leurs patrouilles ?
— C'est très probable, ce serait à faire uniquement dans la deuxième option.
— Dans l'option 1, as-tu exploré un moyen de contourner ce chemin pour les surprendre par l'arrière ?
— Euh…non, à vrai dire…
— Bon, comme l'après-midi tire à sa fin et que la mission est pour ce soir, je crains qu'on n'ait pas le temps d'explorer toute la montagne maintenant avec la nuit qui va tomber…
— A toi de voir…, glisse Léa froide comme la banquise.
— Autre question, quelles sont tes relations avec la milice Wagner et Oleg ?
— Inexistantes, mais je ne suis pas sûre qu'Oleg fasse vraiment partie de la milice, même s'il utilise des miliciens...
— Dernière question : l'adjoint de Bernard Dampierre, qui a organisé l'intendance de notre déplacement, s'appelle Thierry Galluis, que sais-tu sur lui ?

Léa hausse les sourcils, regarde Fred qui hoche la tête de biais, curieux mouvement :
— Que veux-tu savoir, Tom ?
— Tu réponds toujours à une question par une question, Léa ?

— Cela dépend de la question…
— A-t-il fait partie des services français ?
— Alors là c'est très clair, nous ne sommes pas habilités à donner des renseignements sur nos effectifs, positifs ou négatifs.

Tom se lève et sort sans saluer ces deux pantins.

17

Cela s'appelle « tomber de Charybde en Scylla ! », à peine Tom est-il sorti de l'entrevue avec Léa qu'il tombe dans le hall sur Oleg.

Ce dernier préfère l'entrainer dehors sur le parking pour discuter à l'abri d'oreilles indiscrètes. Il le fait même asseoir dans son énorme 4x4, tandis que Karim observe de loin la scène, entouré de ses cinq chauffeurs :

— Tom, le bruit circule que tu as identifié l'endroit où seraient détenus des agents français ?

— Mais c'est incroyable ! d'où sors-tu une telle information, Oleg ?

— Je veux juste te prévenir que si tu les trouves, tu devras les déclarer aux autorités et les faire convoyer par moi aux frontières.

— Cela me parait très clair, mais pourquoi, s'il y a vraiment de tels agents sur le territoire libyen, tu ne les as pas trouvés ?

— Nous les cherchons, ne t'inquiète pas !

Tom quitte Oleg qui démarre en bougonnant.

Il se retrouve seul sur le parking et revient vers Karim qui lui fait des grands signes :

— Alors, Tom, les nouvelles ?

— Ce soir, nous avons une opération délicate à entreprendre, comme hier soir, soyez tous prêts vers 21 heures, il faudra récupérer deux types, qui sont otages des sbires de Nasser, et les sortir du pays, soit par un port, sans doute Tobrouk, soit par la frontière de Sollum.

— Mais tu ne pourras pas passer la frontière à Sollum, avec tous les contrôles qui se multiplient en ce moment. Et pour embarquer à Tobrouk, il faudra aussi une autorisation.

— Je sais, nous verrons, une fois que nous aurons libéré les otages.

— Pour Tobrouk, je n'y connais rien, mais pour la frontière égyptienne j'ai une filière par les tribus Obeidat, qui font paitre leurs troupeaux de dromadaires des deux côtés de la frontière. Si tu veux, je peux prendre contact avec l'un des membres de cette tribu, si Tobrouk ne fonctionne pas.

— Bonne idée, Karim ! en attendant, comme j'ai la position GPS de l'endroit où seraient détenus ces gars nous allons maintenant repérer les lieux, c'est près de Ras-al-Hilal, dans la forêt.

— Nous emmenons tous nos gars ?

— Non, allons-y juste avec Luc et Silvio et un seul Land Cruiser, en route !

Tom, Karim, Luc et Silvio se serrent dans la cabine du Toyota. Ils croisent à Ras al Hilal la route vers Lamluda qu'ils décident de prendre sur deux kilomètres. Cette route passe au large du lieu présumé où sont détenus les otages. Tom explique qu'il cherche un accès à ce campement par l'arrière pour surprendre ce soir les ravisseurs. Ils trouvent à garer sur le bas-côté et sortent. Le GPS de Tom indique qu'ils sont à moins d'un kilomètre de leur objectif.

Mais il s'agit maintenant de grimper dans les collines, toujours cette région karstique très difficile d'accès, aucun chemin tracé, des rochers à escalader, des crevasses à éviter, des buissons touffus à traverser si on ne peut pas les contourner.

Au bout de deux cents mètres, Tom s'arrête, déjà essoufflé. Karim s'est un peu tordu la cheville, mais cela va. Silvio saigne au bras, un buisson épineux lui a sans doute souhaité la bienvenue...

Tom fixe du regard la crête à quelques centaines de mètres, d'où ils devraient ensuite entamer la descente vers la cache. La question est de savoir si les mafieux ont disposé des guetteurs sur les crêtes entourant le vallon étroit et profond, au fond duquel sont les otages.

Il résume mentalement les étapes qu'ils auraient à franchir : d'abord, dans cette garrigue karstique, accéder de nuit par-dessus la crête et descendre sur le campement par un cheminement qu'ils n'auront pas pu inspecter, éviter des guetteurs dont ils ne connaissent pas les positions, batailler pour récupérer les otages, ensuite ramener dans la nuit les otages qui ne peuvent peut-être pas bien marcher. En plus les gardiens doivent être bien retranchés...

Il requiert l'avis des membres de son équipe : aucun, pas même les baroudeurs Luc et Silvio, ne préconise cette solution, l'assaut pourrait être désastreux, pour les otages et pour eux-mêmes.

En dehors de Karim un peu vieux pour ce genre d'attaque, les trois autres frémissaient pourtant d'envie d'en découdre, mais dans ces conditions est-ce raisonnable ?

Tom sait que c'est à lui de prendre la décision, une décision qui implique de parvenir par tous les moyens à réussir le plan B, le seul qui leur restera.

Karim, Luc et Silvio se taisent, ils attendent le verdict.

Tom, mécontent en lui-même de la décision que les éléments extérieurs lui imposent, leur annonce qu'il renonce à l'attaque. Une sorte de soulagement flotte dans l'équipe…

Tout le monde fait demi-tour et redescend dans la garrigue vers le pickup. Sans hésiter plus longtemps, il passe à la phase suivante :

— Karim, essaie d'appeler Nasser, tu as ses coordonnées, dis-lui que je veux lui parler, qu'il me fixe un rendez-vous dans l'heure. C'est lui qui détient les otages, Karim ! fais attention à ne rien dévoiler.

— Très bien, accepte Karim, il vaut mieux que Luc prenne le volant pour rentrer à l'hôtel, je pourrai appeler Nasser pendant que nous serons en route, sinon à l'arrivée.

18

Le soleil va bientôt se coucher, la pénombre gagne le parc du musée.

Sam est anxieuse, elle rumine les paroles de Tom, elle perd pied.

Elle se rapproche de la fenêtre qui donne sur le parc et rêve, les yeux dans le vague.

C'est au dernier moment qu'elle voit passer entre les arbres devant elle, à une dizaine de mètres à peine, deux silhouettes, deux hommes, le plus près est plus grand, elle ne distingue pas la couleur de ses cheveux.

Soudain son cœur bat la chamade, non, ce n'est pas possible ? que veulent-ils ?

Elle s'aperçoit qu'elle n'a pas fermé à clé sa porte d'entrée après le départ de Tom, elle traverse en coup de vent le grand salon et saisit la clé dans la serrure, mais la porte est violemment poussée vers l'intérieur et la bouscule fortement, le grand type est devant elle, un poignard à la main, elle crie, « non, pitié, non ! », le type est sur elle, le deuxième a fermé tranquillement la porte derrière lui.

Le type au couteau la dévisage un instant :
— Tu sais qui nous sommes ? réponds-moi ou je te coupe la gorge.
— Oui…quoi ? non, non ! déglutit Sam, laissez-moi, je vous en prie, que me voulez-vous ?

La terreur dévaste la figure de Sam.
— Je ne vous ai rien fait, partez s'il vous plait, je vous en supplie, crie-t-elle.
— Bon, on n'a pas le choix, Oleg.

Le type au couteau la saisit par les bras, elle se sent perdue et ne se débat presque pas.
— Au fait Oleg, tu veux en profiter pour la baiser ? cela te rappellera le bon vieux temps.
— Pourquoi pas, bonne idée.

Les deux hommes portent Sam qui se débat sur la table du salon qui est vraiment à la bonne hauteur d'après Oleg. Avec des liens plastiques ils lui lient chaque jambe à un pied de la table.

Sam crie et se tortille, le comparse d'Oleg, ce type au couteau, lui fourre un bâillon en tissu dans la bouche et lui prend les bras par-dessus la tête, il l'étire sur la table. Oleg fend sa robe avec un couteau, lui arrache ses sous-vêtements et la viole.

L'autre revient à côté d'Oleg qui en a terminé, il porte un coup de poignard dans le ventre de Sam qui se tord de douleur et gémit, il jette un œil à Oleg qui hoche la tête, alors il plonge son poignard dans le cou de Sam qui suffoque sous les flots de sang, la mort a déjà entamé sa marche.

Elle étouffe un cri, une plainte, un râle, elle se recroqueville, morte.

Oleg jette un lent coup d'œil circulaire aux lieux et fait signe à son comparse qu'il est temps de partir. Celui-ci dépose délicatement le poignard sur le ventre de Sam…

19

De retour à l'hôtel, Tom se dirige vers la réception, où il est accueilli par un jeune employé :
— Bonsoir monsieur Randal.
— Bonsoir Ismaël, tu te souviens toujours de mon nom ?
— Bien sûr !
— D'abord je dois te dire que mes amis et moi devons quitter l'hôtel ce soir.
— C'est dommage !
— Certes, peux-tu me préparer la note pour toutes nos chambres, c'est moi qui règlerai.
— Mais vous dinez tous ici ce soir ?
— Je ne sais pas encore, je verrai plus tard pour le diner. Et deuxième chose, je souhaite récupérer des affaires que j'ai mises dans le coffre de l'hôtel.
— Bien, alors commençons par le coffre, si vous voulez bien me suivre.

Le réceptionniste emmène Tom dans une pièce derrière la réception, emprunte la clé à un employé qui travaille à une table dans cette pièce et va ouvrir le coffre sans autre cérémonial. Tom retire sa fameuse mallette qu'il avait confiée aux bons soins de l'hôtel. Il demande au réceptionniste s'il aurait un petit sac en toile, neutre de préférence, basique. Ce dernier lui sort d'une armoire une dizaine de vieux sacs qui s'apprêtaient à partir à la poubelle, leur dernière étape.

Tom les tripote les uns après les autres, certains gloussent, d'autres crissent, il fait son choix sur un sac beige qui ne paie pas de mine, c'est ce qu'il faut, il a même une fermeture à glissière qui permet de le clore.

Tom remonte dans sa chambre, tenant à la main son sac beige, fier d'avoir pu être ainsi sélectionné parmi tant d'autres postulants.

Il ouvre sa mallette, heureux de constater que l'argent est toujours là, transfère les liasses dans le sac beige qui se gonfle de suffisance. Puis en cinq minutes il remplit son sac cabine de ses rares habits, et quitte la chambre avec ses deux sacs.

A la réception, Ismaël lui présente la note, qu'il règle avec les dollars de Bernard.

Dans le hall arrive Thierry, que Tom n'avait plus vu depuis qu'ils s'étaient quittés au cimetière, à l'enterrement de Maroun. Il vient chaleureusement serrer la main de Tom :

— Alors, quoi de neuf, Tom ?
— Je t'avais parlé de ce couple de touristes français qui sont à l'hôtel…
— Non.
— Figure-toi qu'ils feraient partie des services français, l'armée ou le renseignement, je ne sais pas …

— Quoi ? que font-ils ici ?
— C'est long à t'expliquer, en gros des otages français sont retenus à côté de Susah, ces deux faux-touristes veulent que je fasse délivrer les otages, sans quoi ils bloquent les antiquités qui sont dans l'avion !
— Quel marchandage ! tu es sûr qu'ils sont d'un organisme genre DGSE ou DRM ? tu ne te fais pas manipuler ?
— Aucune idée, je n'ai pas vu leurs papiers, mais apparemment ils savent beaucoup de choses sur les otages, Kevin et Jimmy, et un certain Fassol de leur entourage, précise Tom.
— Cela ne veut rien dire, ils ont pu te dire n'importe quoi.
— Bref, si je parviens à mes fins, je compte emmener ces types, les otages, soit dans un port comme Tobrouk, soit à l'avion à Marsa Matruh et c'est là que tu peux, j'espère, me confirmer que l'avion nous attendra jusqu'à notre arrivée qui sera, disons, demain dans le courant de l'après-midi.
— Je te rassure, j'ai bien reçu il y a une heure l'email de confirmation de la compagnie aérienne. De mon côté, je me mettrai en route demain matin pour Marsa Matruh où je vous attendrai, sauf imprévu, et toi ?
— Je quitte l'hôtel ce soir avec mes gars. A demain !
— Oui, salut Tom !

Ils se sont à peine séparés que c'est Karim qui appelle Tom :
— Le rendez-vous avec Nasser est fixé vers Cyrène, à l'embranchement de la route avec l'entrée vers le musée, mais sois prudent, il est très remonté !
— Merci, je pars avec Luc et Silvio dans leur Land Cruiser.

Un quart d'heure plus tard, Tom a eu à peine le temps d'admirer une dernière fois la vue sur la mer depuis le plateau, puis la vue sur les ruines de Cyrène, qu'il arrive à l'endroit indiqué.

Trois pickups sont garés là. Luc se gare près d'eux, deux types armés en sortent, Luc et Silvio font de même, une autre portière grince et Nasser apparait, protégé par ses sbires. Tom sort ensuite et s'approche de Nasser, les mains bien en évidence.

Nasser rassuré s'approche aussi, on va pouvoir se parler :
— Tu voulais me voir ?
— J'ai deux options pour cette nuit, annonce Tom qui s'aperçoit qu'il parle comme Léa ! car il n'est pas question que nos otages restent en Libye.
— Ah oui ? quels otages ? rigole Nasser.
— Ceux que tu retiens prisonniers. J'ai la position GPS exacte du lieu de détention près de Ras al Hilal. Oui, j'ai donc deux options, la première option est de communiquer cette position au fameux Oleg qui veut récupérer à son profit les otages. Il est du côté de Susah avec une cinquantaine de miliciens, il sera dans une demi-heure à Ras al Hilal. Tu ne pourras pas prévenir ton équipe !
— …
— La deuxième option : j'ai récupéré l'argent de la mallette, je peux te donner les 900.000 dollars qui étaient destinés à l'achat d'antiquités à ce pauvre Maroun, je te propose cet argent contre les otages, un échange à faire dans la demi-heure qui vient, que choisis-tu ? moi, cela m'est complètement égal !
— Je veux un million de dollars par otage, balance Nasser.
— Alors dans ces conditions il ne reste plus que l'option 1, l'option Oleg que je vais appeler tout de suite.

Une voiture de police débouche du chemin d'accès au musée, elle s'arrête au milieu de la route, bloquant toute circulation, trois policiers s'extirpent de leur véhicule, leur chef, un officier gradé s'approche de Nasser et Tom :

— Alors on conspire ? s'inquiète-t-il assez sérieux.

— On discutait juste, Hamza, répond Nasser.

— Et vous, vous êtes le fameux Tom Randal qui mettez le feu dans nos villages ?

— Non, pas du tout, bafouille Tom.

— Avez-vous vu des voitures aller récemment au musée ?

— Non, moi je viens d'arriver, déclare Nasser.

— Moi non plus, je n'ai rien vu, bredouille Tom qui ajoute pris d'une angoisse soudaine : pourquoi ? il s'est passé quelque chose ?

— Oui, répond Hamza, l'officier de police, qui hésite à poursuivre et finit pas confier : Samantha Khouri vient d'être assassinée, il y a sans doute une heure…

— Quoi ? s'écrie Tom, mais j'étais à l'enterrement de Maroun Chehab avec elle et ensuite j'étais chez elle une bonne demi-heure, elle me disait qu'elle était inquiète de l'insécurité qui règne en ce moment par ici.

— Et toi, Nasser, rien à signaler ?

— Non.

— Samantha a été violée, puis poignardée au cou, le poignard est resté posé sur le ventre de Samantha, c'est un modèle ciselé de type libyen.

— Ce n'est pas la peine de me regarder ainsi, Hamza, je n'ai rien à voir avec ce meurtre, tonne Nasser.

— Puis-je la voir ? demande doucement Tom.

— Non, déclare catégoriquement Hamza, nous avons mis les scellés sur la porte, des enquêteurs vont venir pour relever des indices. Si des faits vous reviennent en mémoire, n'hésitez à me contacter.

Hamza et ses deux policiers remontent dans leur voiture et quittent les lieux.

Nasser, nullement bouleversé par la nouvelle, reprend la conversation interrompue avec Tom :
— C'est d'accord pour la deuxième option, Tom.
— Oui, bafouille Tom encore sous le choc de l'annonce de la mort de Sam, ne comprenant pas qui a pu l'assassiner, à quelle heure faisons-nous l'échange ?
— Disons dans une heure ?
— D'accord, je propose qu'on se retrouve à Ras-al-Hilal, au croisement de la route principale et de la petite route qui part à droite en zigzaguant, celle qui rejoint à Lamluda la route de Shahat à Derna. On ne va pas aller jusqu'à ton repère, dont on connait la position exacte, mais qui est d'accès compliqué.
— Si tu veux, d'accord, concède Nasser après un moment d'hésitation, mais tu ne crois pas que cet échange à découvert au vu des passants et peut-être des gars de la milice Wagner, est risqué ?
— Non, tu arrives avec les otages…ils peuvent marcher ?
— Oui, enfin, pas vite, non…
— Bref on les aide, je te refile un vieux sac en plastique qui contient l'argent, cela prend trois minutes, une scène quelconque et c'est tout !
— Bon, d'accord, à tout à l'heure, conclut Nasser.

Les mafieux repartent en trombe dans leurs trois véhicules.

Tom reste sous le choc de la mort de Sam, il est pris d'un découragement terrible. Passé ce moment, il essaie de comprendre comment quelqu'un a pu attenter à la vie de Sam, et puis, la machine se mettant en route, il s'interroge : cela peut-il avoir une liaison avec son enquête ? tout devient flou. Il n'a pas le choix, il est pris dans la spirale de son opération, il ne peut s'empêcher de se poser trente-six questions.

Retour au parking de l'hôtel, dernière descente depuis Cyrène jusqu'à Susah, Luc conduit, Tom à côté de lui oublie d'admirer une dernière fois cet endroit baigné par la lune, où des Grecs ont débarqué il y a environ deux mille six cents ans.

Retrouvailles sur le parking avec Karim, Tom organise les équipes :
— Je roule avec Luc et Silvio, décide Tom, je ferai la transaction avec Nasser, Luc et Silvio prendront en charge les otages, apparemment il faudra les aider à marcher. Dans le deuxième pickup, Aziz et Tareq, armés, viendront rabattre le hayon du mien, et le refermeront. Silvio montera sur le plateau avec les otages, qu'il recouvrira d'une bâche. Dans le dernier véhicule Karim et Abdelkader restent en renfort.
— On roulera après dans quel ordre ? questionne Karim.
— Tu iras en tête avec Abdelkader, Karim, à toi de vérifier si, à Tobrouk, l'accès au port est dégagé, on sera en contact téléphonique. Si pour une raison ou une autre, l'option embarquement au port n'est pas possible, préviens-moi tout de suite, nous prendrons directement la rocade de contournement. Tu appelleras dans la foulée ton contact de la tribu des Obeidat pour organiser la traversée de la frontière plus au sud.
— Karim en tête, et toi ? demande Aziz.
— Je serai en deuxième position avec Luc, Silvio et les otages, précise Tom, et vous deux, Aziz et Tareq, vous fermerez la marche et protègerez nos arrières.

— Et si l'option Tobrouk tombe ? demande Luc.
— A toi de leur expliquer, Karim, réplique Tom.
— Dans ce cas, commence Karim, on ne pénètre surtout pas dans Tobrouk, on prend la grande voie de contournement qui évite le centre embouteillé…
— Peut-être pas la nuit, doute Aziz.
— Tu as raison, mais bref il faut éviter de circuler dans des petites rues où on peut nous bloquer si facilement. Ensuite à la sortie de Tobrouk il y a un carrefour important, il ne faudra pas prendre à gauche la route côtière vers la frontière, celle que nous avons pris hier. Si nous sommes dans l'option numéro deux « les Obeidat », nous prendrons à droite la route qui part plein sud. Si nous ne sommes pas poursuivis, on s'arrêtera et je vous expliquerai la suite…
— Bien, Karim, tout le monde a compris ? s'encourage Tom.
— Juste une question, par qui risquons-nous d'être pourchassés ? s'inquiète Tareq.
— Par Oleg c'est très possible, il veut les otages ; par Nasser non, sauf s'il voulait reprendre les otages tout en gardant la rançon ; par le groupe intégriste qui nous a attaqués hier au sud d'El Beida et qui veut se venger, c'est aussi très possible.

Tout le monde hoche la tête, un peu en biais quand même, un mouvement qui s'interprèterait par « ce n'est pas gagné… ».

20

Ras al Hilal est à moins de trente kilomètres de Susah. Les trois Land Cruiser avalent la route en une petite demi-heure.//
En arrivant sur place, Karim cherche le meilleur endroit pour parquer, de façon à être prêt à redémarrer en vitesse. Il sait par où Nasser va déboucher. Il indique aux deux autres chauffeurs où précisément se garer.

Ils se mettent déjà tous en place dans leur position de départ. Ils sont très en avance, mais soudain ils sont surpris que Nasser apparaisse aussi avant l'heure, en tête d'un convoi de quatre véhicules.//
Nasser stoppe à une vingtaine de mètres de Tom, qui est escorté de Luc et Silvio.//
Il s'avance seul, ses sbires sont en faction dix mètres derrière lui.//
Tom s'approche de lui, son sac beige à la main ://
— Tu as mes gars ? demande-t-il.

— Oui, et toi, le compte est bon dans ton sac ? réplique Nasser, je peux vérifier ?
— Je propose que tu vérifies quand je demanderai aux otages leur identité, négocie Tom.
— D'accord, répond Nasser après une légère hésitation.

Nasser se retourne et fait signe aux sbires d'amener les otages. Du troisième véhicule du convoi de Nasser, quatre mafieux armés de leurs Kalashnikovs apparaissent, escortant deux types qui ont du mal à marcher seuls : ils ont l'air hagard, et sont barbus, fatigués, maigres, courbés en avant.

Le groupe s'arrête à côté de Nasser. Aziz et Tareq s'approchent aussi pour équilibrer les rapports de force. Tom s'avance seul vers les otages :
— Salut, nous venons vous ramener en France, quels sont vos noms ?
— …
— Moi, je m'appelle Tom, et dites-moi vos prénoms quand vous êtes en opération à l'étranger.
— Je m'appelle Jimmy, souffle le premier.
— Et moi c'est Kevin, soupire le second.
— Kevin, comment tu surnommais ta copine libanaise ?
— Euh…hésite Kevin qui se tourne vers son collègue.
— Il l'appelait « Princesse », intervient Jimmy.

Tom fait quelques pas en arrière :
— Nasser, pour moi c'est bon, tu veux vérifier le contenu de mon sac ?
— Je vais te faire confiance, chuchote Nasser, je ne peux pas sortir le tout devant mes hommes.
— Je m'en doute.

— Mais si tu n'as pas respecté notre accord, je me lance à ta poursuite, toi et tes hommes serez torturés avec raffinement.
— Pas de problème, balance Tom, prends donc ce sac qui me gêne.

Nasser saisit le sac, comme s'il s'agissait d'un sac à provisions de la superette du coin, il a juste le temps de jeter un œil dans le sac entrebâillé, il n'y voit que des billets verts, des grosses coupures.

Chacun recule vers sa voiture, tout en restant face à l'autre, les gardes des deux côtés ont le doigt sur la détente de leur arme.

Luc et Silvio épaulent les ex-otages, les conduisent au Land Cruiser, les hissent sur le plateau. Silvio les rejoint sur la plate-forme, s'allonge à côté d'eux, Luc rabat la bâche sur eux trois.

Les mafieux sont déjà tous dans leurs 4x4, à faire demi-tour.
Karim, conduit par Abdelkader, part déjà, seul en tête, explorer l'option Tobrouk.
Luc démarre seulement, Tom à ses côtés, Silvio est sur le plateau avec les ex-otages.
Aziz et Tareq sont prêts, ils surveillent les arrières.

21

Abdelkader a rapidement distancé le véhicule de Tom qui, lui, adopte une conduite prudente avec son chargement d'ex-otages ballottés sur le platelage.

Karim demande à Abdelkader de ralentir à l'entrée de Tobrouk, il leur a fallu plus de trois heures pour couvrir la distance depuis Ras al Hilal, la nuit étoilée est paisible, les rues de Tobrouk sont peu encombrées.
Il décide de s'aventurer vers le port, la route venant de Derna plongeant directement vers le centre puis vers le port. En s'approchant de cet énorme rond-point qui donne accès au port, Karim saisit le bras d'Abdelkader qui conduit toujours plus doucement, « ils sont là, les miliciens Wagner, bon sang !, prends la première à droite, ne ralentis plus, oh ils tiennent tous les accès, il faut sortir de ce piège, continue, continue ».

Karim a paniqué, la rencontre avec Oleg aurait été expéditive, Abdelkader lui demande de regarder si personne ne les suit.

Ils finissent par s'échapper du centre-ville et arrivent à rejoindre le croisement où devraient passer les deux autres Toyota.

Karim empoigne son téléphone, appelle Tom qui répond immédiatement :

— Tom, l'option « port de Tobrouk » est cuite, la milice Wagner bloque tous les accès au port, surtout ne t'aventure pas là-bas, prends la rocade de contournement, à l'entrée de Tobrouk.

— Ok, mais on n'y est pas encore, nous devons rouler plus lentement.

— Pas de problème, je continue, je vais me poster au carrefour où on doit quitter la route principale et foncer vers le sud, c'est à quelques kilomètres après la sortie de Tobrouk, il y a un minaret très voyant, allumé toute la nuit, comme un phare, je laisserai mes feux de position allumés, tiens-moi au courant de ton avancement.

Près de trois quarts d'heure plus tard, l'équipe s'est reconstituée, les trois véhicules sont garés ensemble. Une pause est la bienvenue, l'équipe se regroupe à côté du véhicule où se reposent les ex-otages. Les uns fument, les autres boivent un café depuis une thermos.

Aziz sort une boite et présente à Tom sa zumeita :

— De quoi s'agit-il ? s'inquiète-t-il à la vue de cette pâte blanche.

— Je l'ai préparée pour vous tous, une spécialité d'ici, je l'ai faite avec de l'orge grillé, un peu d'huile et du lait de chamelle, sourit-il, ensuite je l'ai malaxée et maintenant tu peux gouter !

— Comment ?

— Tout simplement, tu plonges tes doigts dans la boite et tu récupères une boule de zumeita...

Tom qui n'est pas un expert en cuisine orientale teste avec précaution sous le regard amusé d'Aziz, puis étonné par son essai demande à en reprendre, tout le monde en rit...

Un étrange moment de calme et de détente dans la tempête...

Karim en profite pour donner quelques indications supplémentaires sur ce qu'il a organisé :

— Nous allons d'abord tous à notre rendez-vous avec les Obeidat. Pour cela il faut descendre plein Sud sur cette route pendant environ 50 kilomètres, puis bifurquer à gauche pour nous rapprocher de la frontière. J'ai prévenu mon contact de notre arrivée, nous avons rendez-vous avec un groupe d'une vingtaine de membres de la tribu des Obeidat qui...

— C'est qui finalement ceux-là ? tient à savoir Tom insatiable.

— La Libye est esentiellement constituée de groupes sociaux organisés de très longue date en tribus, déclare Karim qui retrouve son métier de guide touristique. Pour contrôler le pays il ne faut pas manquer de s'attirer les bonnes grâces de la tribu qui occupe la région où l'on veut agir, cela a été particulièrement le cas, pour contrôler le pétrole et le gaz dans le golfe de Syrte, il fallait passer des accords avec plusieurs tribus. Ces accords ne sont pas éternels, les tribus sont plutôt...versatiles, je dirais.

— Et donc ? intervien Tom.

— Les Obeidat, qui occupent la région de Tobrouk et Derna notamment, ont le gros avantage de s'étaler de part et d'autre de la frontière Libye-Egypte. Eux ne passent pas par la douane, si vous voyez ce que je veux dire.

— C'est donc pour cela que nous sommes là ! ajoute Luc.

— J'ai négocié un point de rendez-vous, la fourniture de dromadaires et de guides pour passer la frontière à environ 40 kilomètres au sud du poste-frontière, les ex-otages étant placés dans des sortes de hamacs, ou plutôt de lits suspendus de chaque côté d'un dromadaire. J'ai négocié le prix, mais on sait que tout peut être renégocié, sourit Karim.

— On s'en doute, ponctue Tom.

— J'ajouterai à ce sujet que cette région au sud du poste-frontière n'a pas été déminée correctement. Les Obeidat ont des dromadaires qui paissent en liberté, de temps à autre il y a un qui saute sur une mine. Comme ils ne sont pas bêtes, je parle des dromadaires, sourit Karim, ils finissent par se faire des circuits sûrs. Je dis cela car le trajet prévu pour passer la frontière avec dromadaires et ex-otages n'est pas sans danger.

— Et tu as fixé le point de rendez-vous de l'autre côté, à l'arrivée en Égypte avec la caravane ? poursuit Tom.

— Oui, je t'envoie cette position GPS par message, Tom. D'ailleurs une fois le contact établi avec les Obeidat, et que nous voyons votre caravane partir sereinement, sourit Karim, Abdelkader et moi repartons chacun dans un pickup, le troisième véhicule étant laissé en paiement aux Obeidat. Nous passerons la frontière avec des véhicules vides, aucune raison que nous soyons arrêtés, ensuite nous roulons jusqu'à notre point de rendez-vous côté égyptien, nous y serons bien avant vous !

— J'imagine, intervient Tom, qu'il sera impossible de convenir d'un horaire précis, à cause des dromadaires. J'espère que nous aurons du réseau et que nous pourrons vous appeler, ce qui simplifiera vraiment nos retrouvailles.

— Oui, en tout cas, s'il y a un problème, le deuxième point de rendez-vous c'est forcément l'aéroport de Marsa Matruh avec chargement des ex-otages, poursuit Karim.

— Pour info, nos rescapés se sont réveillés, indique Silvio, ils sont encore faibles, j'espère que le trajet sur les dromadaires sera supportable.

La pause est terminée, le convoi se remet en route.

22

Une cinquantaine de kilomètres plus au Sud, le convoi s'arrête en plein désert.
La route est rectiligne, le paysage de sable et rocaille, parsemé de touffes résistantes de végétation est balayé par un petit vent aigre. Le jour s'est levé.

Sur le plateau du Toyota de Luc, et sous la bâche protectrice, Silvio est allongé entre les deux rescapés qui semblent somnoler à nouveau. Tom est dehors et scrute l'immensité du désert.
Dans la cabine de son pickup, Aziz s'allume une cigarette. Tareq fait le tour pour une inspection.
Karim est descendu du sien, son GPS à la main, il cherche à s'orienter, le vent frais le fait tousser.
Il envoie avec son portable sa propre position GPS à son contact Obeidat, un certain Saleh. Le message est passé, il y a donc un réseau, c'est déjà une bonne chose.

Un quart d'heure plus tard, Karim reçoit un message de Saleh, lui précisant de continuer la route sur 5 kilomètres et prendre une piste qui part sur la gauche, et « suivre la piste sur 23 kilomètres ».

Karim crie à Luc qu'on se remet en route, tous ceux qui étaient descendus se dégourdir les jambes grimpent dans leur cabine, les chauffeurs démarrent.

Aucune circulation sur cette route, pour l'instant en tout cas.

Karim scrute le ciel à la recherche de drones de surveillance des douanes, rien non plus.

Au moment où ils quittent la route pour bifurquer à gauche, ayant trouvé la piste, ils croisent un pickup remontant vers Tobrouk à toute allure, deux types en treillis beige dans la cabine et surtout trois gars sur la plateau dont le canon des Kalashnikov dépasse de la ridelle.

Le pickup n'a pas ralenti…

Karim s'enfonce plein Est sur cette piste, soulevant des nuages de poussière et de sable.

Le désert est très plat à cet endroit, le regard porte ainsi à des dizaines de kilomètres. Karim croit déceler devant lui, très loin des silhouettes, des voitures ? des tentes ? des dromadaires ? ce pourrait être Saleh.

Le pickup croisé, lui, n'est plus qu'un point minuscule à l'horizon, quand Karim a l'impression qu'il vient de s'arrêter…

Par contre c'est bien le campement de Saleh qu'il voit grossir visuellement, cinq ou six grandes tentes, des dromadaires qui se reposent, deux véhicules, quelques personnes qui les regardent avancer, Karim et son convoi ne sont plus qu'à un kilomètre.

Une personne s'est détachée du groupe, vient vers eux, Abdelkader ralentit, freine et vient se garer à côté de cet homme qui se présente « je suis Saleh ».

Karim saute à terre et le salue. Saleh lui fait garer les trois véhicules au fond du campement sous l'abri voiture, il explique que des drones surveillent en permanence la frontière.

Karim préfère l'avertir que son convoi peut être recherché, soit par un groupe de pickups d'intégristes, soit par des supplétifs du groupe Wagner. Entendant cela, Saleh décide d'accélérer les préparatifs du voyage à dos de dromadaire :

— La caravane va se composer de plusieurs dromadaires, explique-t-il à Tom et Karim, celui de vos rescapés, un autre à vide, au cas où le précédent dromadaire serait fatigué par la charge ou blessé, cinq pour vous Silvio, Aziz, Luc, Tareq et toi, Tom. Vous aurez deux accompagnateurs, cela fait neuf dromadaires, tu vois, j'en ai déjà sept là-bas, prêts à partir. Il en faut deux de plus. Fathi, crie Saleh à un de ses hommes, prépare deux bêtes de plus !

— Les litières sont déjà positionnées ? demande Tom.

— Oui, mes hommes ont testé les attaches, ils se sont amusés pour voir si c'était solide, c'est le cas.

— Alors quand pouvons-nous partir ? interroge Tom.

— Tout de suite serait le mieux !

— Nous avons combien de kilomètres jusqu'à la frontière ?

— Jusqu'à la frontière, une vingtaine, mais ensuite vous aurez encore une dizaine de kilomètres de piste à faire pour atteindre le point de ralliement avec vos collègues.

— On n'aurait pas pu pousser un peu plus loin avec le Toyota ? propose Tom.

— Non, cela vous parait plat, de loin c'est le cas, mais de près un véhicule ne fait pas 100 mètres. Bon, il y a peut-être des moments où le sable est dégagé de toute cette caillasse, mais globalement il ne faut pas le tenter. Mes deux chameliers vous emmèneront jusqu'à votre point de ralliement. Ici nous sommes au bout de la piste carrossable, nous-mêmes ne cherchons pas à aller plus loin en voiture.

Un homme de l'équipe de Saleh vient l'avertir qu'un pickup se dirige à toute vitesse vers le campement, il sera là dans cinq minutes.

Trop tard, pense Saleh, il faut se défendre d'abord.

Dans le campement ils sont une vingtaine, tous armés, qui se mettent en embuscade autour de la route, à l'abri de petits rochers, visiblement une manœuvre qu'ils connaissent par cœur, ce ne doit pas être la première fois.

Au fond du campement, sous l'abri des véhicules, les rescapés sont installés chacun dans sa litière, ils sont faibles mais bien éveillés et sourient à Luc et Silvio qui s'occupent d'eux.

Les autres dromadaires sont harnachés, prêts au départ, les deux guides de Saleh, Mahmoud et Djibril sont en selle. Mais il faut d'abord évacuer la menace qui fond sur le campement.

Le pickup qui fonçait sur le camp a ralenti, il se fait prudent, sur le plateau arrière les guerriers scrutent les alentours, ils ne voient qu'une ou deux personnes qui vaquent tranquillement, et surtout pas de Toyota, mais ils sont forcément ici puisque c'est un cul-de-sac.

Saleh les observe à la jumelle depuis une des tentes du fond, ce sont clairement des miliciens Wagner loin de leur base, donc en mission d'attaque. Il envoie avec son sifflet deux coups brefs, ses hommes sont avertis que l'assaut peut commencer à tout moment

Mais soudain ce pickup se met à reculer très lentement, puis un peu plus vite, et dès qu'il s'estime hors de portée d'un tir précis des nomades du camp, le chauffeur fait un demi-tour sur place qui soulève un petit nuage de poussière et le pickup opère un repli stratégique.

Saleh n'est pas rassuré pour autant, il décide de maintenir le dispositif de défense, le temps que la caravane soit partie.

Les dromadaires sont mis en place, Mahmoud en tête, suivi de Tom, de Luc, puis des rescapés, ensuite Silvio, Aziz, Tareq, le dromadaire de rechange et enfin Djibril qui ferme la marche.

Les quatre chauffeurs de Tom sont armés, leur pistolet d'origine et une Kalashnikov ramassée lors de la fusillade, la nuit précédente, contre les intégristes qui leur barraient la route au sud d'El Beïda. Luc dispose en plus d'un fusil à lunette, qu'il emporte avec lui chaque fois qu'il le peut.

Saleh vient saluer Tom, ils conviennent de faire le point par téléphone tous les quarts d'heure, « vous devriez passer la frontière d'ici midi » informe Saleh qui ajoute « je vous suivrai sur mon GPS, Mahmoud est géolocalisé ».
Tom le remercie et ajoute qu'il a laissé la petite somme convenue sur la table de l'abri, dans un sac plastique, avec les clés du Land Cruiser. Saleh sourit et fait un grand signe d'amitié.

La caravane s'ébranle, aucun chien n'aboie…

Karim et Abdelkader s'apprêtent, eux, à prendre la route vers le poste-frontière, mais la question est d'éviter de tomber sur ce pickup des miliciens Wagner. Saleh les rassure, il a vu ce pickup bifurquer à l'embranchement sur la route vers la gauche, donc vers le sud, une direction opposée au poste-frontière, « rien à craindre, la voie est libre ». Il ajoute « profil bas au poste de douane, les gars ! et ne passez pas en vous suivant, laissez un ou deux kilomètres entre vos deux véhicules ». Karim et Abdelkader remercient Saleh et prennent congé de lui, ils montent chacun dans leur véhicule et démarrent.

Le soleil est déjà très haut, la chaleur les surprend. Mahmoud maintient la cadence de la caravane, le balancement des dromadaires qui marchent à l'amble met Tom un peu mal à l'aise, mais pas question de se plaindre.

Le dromadaire qui porte les deux rescapés ne manifeste aucune gêne apparente du fait de sa charge, il faut dire que d'une part les rescapés ne doivent pas peser plus de 60 kilos chacun, et d'autre part la charge maximum se situe largement à plus de 200 kilos. Le deuxième dromadaire appelé aussi « roue de secours » par Silvio va sans doute passer une journée tranquille.

En se retournant, Tom aperçoit un chamelon qui suit le groupe, gambade libre, s'arrête pour goûter une touffe d'un buisson puis revient vite. Il questionne Mahmoud qui lui explique que sa mère doit faire partie de la caravane. Mahmoud en profite pour lui expliquer que le fœtus du dromadaire développe deux bosses pendant la gestation, qui se fondent en une seule peu avant la naissance. On peut se demander pourquoi…

Le chamelon fait soudain un bond, près d'un buisson, d'où sort à toute vitesse une sorte de gros lézard de plus d'un mètre, dont la queue fouette l'air avec force. Mahmoud éclate de rire à la vue du chamelon effrayé, il explique à Tom qu'il s'agit d'un varan gris qui n'hésite pas à s'attaquer aux vipères.

Au bout d'une heure Tom ordonne de faire une halte. Il tient à aller voir ses ex-otages dans leur litière, ils somnolent, ouvrent les yeux de temps en temps. Tom en profite pour leur faire un sourire et un hochement de tête en forme de « c'est bon, les gars, tenez bon, vous allez être bientôt à la Maison ».

Rassuré par leur état, il va lancer à Mahmoud l'ordre de repartir quand il s'immobilise. Dans le silence qui l'entoure, il perçoit un léger ronronnement, un moteur, il lance un regard interrogatif à Luc et Silvio qui font la moue. C'est Djibril, au bout de la caravane qui s'écrie « drone ! ».

Oui, mais où ? et qui le manœuvre, ami ou ennemi ? scruter le ciel ne donne rien, d'abord on est vite ébloui par la clarté aveuglante, et puis dans quelle direction chercher ?

Tom s'interroge, quelles sont les options ? , mais Mahmoud lui lance, « en selle, l'urgence est d'atteindre et dépasser la frontière, tout le reste est danger et perte de temps! ».

Tel un équilibriste Tom peine à se remettre en selle sur son dromadaire accroupi, Mahmoud vient l'aider et ils partent, accélérant la cadence grâce à une sorte de petite cravache.

Luc a sorti de son étui son fusil à lunette qu'il garde en bandoulière, prêt à l'emploi, en plus de son pistolet-mitrailleur. Il dit à Silvio d'en faire autant avec sa Kalashnikov. Aziz et Tareq les imitent immédiatement.

L'ambiance est plus tendue, les dromadaires semblent plus nerveux, comme s'ils comprenaient la situation, ou plutôt comme si la nervosité de leurs cavaliers s'infusait en eux.
Mahmoud annonce qu'on n'est plus qu'à un bon kilomètre de la frontière, on peut voir de loin un long cordon métallique, « il s'agit de barbelés sur quelques rangées, mais on a fait un trou pour passer à l'aise » explique-t-il avec un sourire.

Chacun scrute le ciel, tournant la tête dans tous les sens, épiant tout bruit suspect de moteur.

L'attaque des drones de combat vient par l'arrière, ils sont deux, ils tirent tout en volant, c'est l'alerte, la caravane s'arrête, les tirs ont raté leurs cibles, Luc et Silvio sautent du haut de leur monture, ne sachant pas comment la faire s'accroupir.

Les deux drones se sont mis en vol stationnaire, ce sont des engins sophistiqués, ils ajustent tranquillement le tir de leur fusil d'assaut HK416. La première rafale, du fait du recul important, se disperse dans les airs, mais la deuxième, mieux réglée, fauche Djibril, le plus proche, qui s'effondre sur la bosse de son dromadaire. La troisième atteint la monture d'Aziz qui s'effondre à terre, Aziz lui-même ayant juste le temps de sauter à l'écart du dromadaire qui peut peser presque une tonne, la monture de Tareq fait un écart, Tareq tombe à terre.

Luc et Silvio ont dégainé. Pour un tir de précision dans ces conditions cela ne va pas de soi, les deux hommes n'ont guère dormi, ni la nuit passée, ni même la nuit précédente après l'attaque près d'El Beida. La chaleur les fait transpirer, la sueur leur coule dans les yeux, de plus il n'y a pas de quoi s'adosser pour viser.

En bon mercenaire habitué aux coups de feu, Luc crie à Silvio « appui ! », alors ce dernier se fige dans une posture courbée, Luc pose son arme sur l'épaule de Silvio, il s'essuie le visage, les yeux, cherche dans son viseur ces drones qui tirent encore.

Dès qu'il en cible un , il tire, une fois, deux fois, rien, trois fois oui, le drone tombe au sol, il cherche à repérer le deuxième drone qu'il atteint au bout de quatre tirs. Silvio terrassé par des crampes glisse au sol.

Mahmoud se précipite sur son ami Djibril, dont il fait baraquer le dromadaire. Plus loin, l'autre dromadaire qui ne porte pas de charge n'arrête pas de blatérer, affolé à la vue de la monture d'Aziz, touchée à mort par une rafale.

Djibril n'a pas perdu connaissance, mais il saigne en abondance, Mahmoud lui confectionne un pansement sommaire et se tourne vers Tom qui a glissé à terre du haut de sa monture :

— Djibril est gravement blessé, j'appelle Saleh pour qu'il vienne m'aider, mais je dois tout de suite rebrousser chemin avec Djibril, je n'ai pas le choix.

— Je comprends, murmure Tom, tu fais bien.

— Je vais te donner sur ton GPS les coordonnées du point final de rendez-vous avec tes amis, mais aussi surtout les waypoints par lesquels tu dois passer pour éviter les champs de mines, c'est très important.

— Tu penses que je peux me débrouiller ainsi ?

— Oui, je crois, il faudra juste être très attentif…tu comprends ?

— Oui, approuve Tom pas rassuré pour autant, est-ce que les dromadaires vont nous obéir ? comment les faire baraquer ? ou à l'inverse, les faire se lever ?

— C'est simple, je vais te l'expliquer, mais rapidement car il faut que vous passiez vite la frontière et que moi je fonce faire soigner Djibril.

Dix minutes plus tard, Mahmoud et Tom se saluent et se séparent.

Aziz est sur le dromadaire « de rechange ». Tom a eu son cours intensif de chamelier débutant, il tient fermement son GPS comme si c'était le Saint Graal, terminer la mission en sautant sur des mines avec les rescapés…cela ferait tache…

Mahmoud disparait à vive allure, tenant les rênes du dromadaire de Djibril qui a été solidement attaché sur son siège. Le chamelon les suit…

Silvio a vérifié que les rescapés n'ont pas trop souffert de l'attaque, il leur donne à boire, s'assure que les harnachements ne sont pas desserrés.

Luc aide ensuite Silvio à remonter sur sa bête. Miracle, Tareq, le régional de l'étape, s'est débrouillé tout seul, il est prêt à partir, juché sur sa monture, on voit qu'il a l'habitude de monter ces vaisseaux du désert.

Tom met un peu de temps à faire comprendre à son dromadaire ce qu'il veut, visiblement le dromadaire préfèrerait faire demi-tour et rentrer avec ses copains, traverser la frontière toute proche ne fait pas partie de ses envies.

Il appelle Tareq à l'aide, celui-ci mène énergiquement sa monture à côté de Tom.

Après conciliabule entre les deux, on convient que c'est Tareq qui va prendre la tête de la mini-caravane, suivi de très près par Tom les yeux rivés sur les waypoints de son GPS.

Le passage de la frontière se fait aisément, le dromadaire de Tom a voulu faire un caprice devant les barbelés, du genre « non je rentre à la maison retrouver mes copains, les autres dromadaires », Tom a usé de son autorité de façon non académique, la caravane est maintenant en Egypte …minée.

Il n'en mène pas large, dans ces cas-là, c'est la vision de la brasserie du carrefour de l'Odéon qui lui revient en tête, et il se tance lui-même, « mais dans quel guêpier as-tu encore réussi à te fourrer ? ».

23

Après Sollum et le poste-frontière égyptien passé sans anicroche, Karim et Abdelkader se sont regroupés, ils se suivent à cent mètres d'écart. Ils ont roulé à peine quelques kilomètres sur la route principale avant de bifurquer à droite sur une route asphaltée.

Quelques maisons ici ou là, une chambre d'hôtes, un petit site industriel avec de gros réservoirs, puis la route bifurque encore à droite, quelques maisons, puis plus rien, et alors que la route allait obliquer vers l'Est, s'éloignant donc de la frontière, Karim a crié, pour lui-même « stop ! », ils sont pile au point de ralliement.

C'est le désert plat comme la main. Personne ! Karim sort et balaie du regard l'horizon, rien.

Le petit vent aigre lui souffle au visage.

Où sont donc les autres ? l'après-midi est entamé, ils sont bloqués, quitter le point de ralliement n'est pas une option, pas plus qu'imaginer aller à la rencontre des autres, dans quelle direction précise, d'ailleurs ? et comment faire avec ces mines éventuelles ?

Karim appelle Tom toutes les cinq minutes, pas de communication.

Anticipant une suite positive, Karim nettoie le plateau du pickup après avoir vérifié que chaque rescapé aura la place pour s'allonger. Il déploie des bâches sur le véhicule :

Il prévoit que Luc et Silvio se mettront chacun avec un rescapé sur le plateau du pickup.

L'angoisse monte au fur et à mesure des minutes qui s'écoulent.

Karim décide d'appeler Saleh, on ne sait jamais, miracle, il répond et explique à Karim ce qui s'est passé, il ajoute qu'il a récupéré Mahmoud et Djibril. Celui-ci a déjà reçu des soins, il s'en sortira.

Karim, apprenant qu'il n'y aura pas d'hommes de Saleh avec Tom et les siens, en profite pour lui demander ce qu'ils doivent faire des dromadaires, comment les lui rendre.

Ce dernier estime qu'il n'est pas en mesure d'envoyer quelqu'un maintenant, le plus simple est de mettre les dromadaires en position vers le retour et de leur donner un bon coup de cravache, ils sauront trouver leur chemin.

Karim s'étonne de la décision de Saleh qui, lui, éclate de rire, « ils ne sont pas bêtes, ils ont un grand sens de l'orientation, ils sauront le faire ! »

Après un silence, Karim demande confidentiellement combien de chances Tom a de traverser sans incident les champs de mines et surtout de ne pas se perdre.

Saleh le rassure, avec les waypoints Tom saura où mettre les pieds, avec le GPS il ne peut pas se perdre, non le seul risque c'est une rencontre inopinée, ce serait les intégristes ou les miliciens Wagner qui auraient traversé la frontière à leur poursuite.

Karim a raccroché, le silence s'installe, lourd, pénible, on s'abime les yeux à fixer cette ligne d'horizon à l'ouest, en plus le soleil déclinant leur rend la tâche encore plus difficile.

Une heure plus tard, alors qu'ils sont épuisés d'attendre, un cri, sans doute comme la vigie de Christophe Colomb qui a crié « Terre ! », ici c'est Abdelkader qui crie « là-bas, je vois…cela bouge, là-bas ! » et Karim regarde avidement dans la direction pointée par Abdelkader.

La caravane s'avance au pas lent des dromadaires, plus elle s'approche, plus Karim est rassuré, il semble bien que personne ne manque dans l'équipe. Tareq en tête mène le convoi avec autorité et aisance, Tom qui suit, les yeux fixés sur son GPS, harangue Tareq tous les dix mètres pour lui indiquer le chemin. Le soulagement est maintenant là, le groupe est complet et en bon état !

Une fois passée l'effusion des retrouvailles, on convient de raconter plus tard comment cela s'est passé. Les rescapés sont portés car ils ne peuvent pas encore bien marcher et chargés sur le plateau du pickup.
Luc s'installe sur la moitié gauche avec Rick et plus à droite Silvio s'allonge à côté de Rack. Ils sont bien sûr beaucoup plus serrés que précédemment sur le plateau du pickup, quand ils

n'étaient que trois, mais le trajet restant est relativement court et la route est en bon état.

« Pourquoi ces surnoms ? » demande Karim.
« Parce que c'était Rick-Rack » sourit Tom, en pensant aux frayeurs encourues. D'ailleurs l'attaque des drones était plutôt signée d'Oleg qui dispose d'un matériel plus récent que les intégristes. Normalement Oleg ne devrait pas franchir la frontière égyptienne, mais on ne sait jamais… « man vet aldrig », comme Tom avait appris à dire dans sa récente mission en Suède.

À l'avant du pickup où se trouvent sur le plateau les deux ex-otages surveillés par Luc et Silvio, il y a Karim, Abdelkader et Tom. Dans la cabine du deuxième véhicule, Aziz et Tareq se détendent.

Avant de démarrer, Tom questionne Karim :
— Combien de kilomètres jusqu'à Marsa Matruh ?
— Pour revenir sur la route principale, environ 50 kilomètres, estime Karim, ensuite peut-être 200 kilomètres jusqu'à l'aéroport de Marsa Matruh, alors disons 4 heures de route.
— On va arriver tard, je préfèrerais qu'on ne passe pas la nuit à Marsa Matruh, peux-tu te renseigner jusqu'à quelle heure on est autorisé à décoller. Au fait, Thierry m'avait dit qu'il partait ce matin pour nous attendre à l'aéroport, appelle-le et demande si l'avion est bien prêt à décoller et si on peut disposer de lits de camp pour allonger Rick et Rack dans l'avion. Au fait, tu as déjà dit à Thierry qu'on a récupéré les otages ?
— Oui, je l'ai prévenu.
— Il était content ?

— Euh…oui bien sûr, commente Karim, mais j'imagine que son objectif c'est les antiquités, non ?

Sur la route, et sans s'arrêter, Karim a passé ses coups de fil, tout va bien : l'avion les attend, le décollage est autorisé jusqu'à 23 heures et les lits de camp seront préparés.

Le soir tombe sur la toujours vaillante colonne d'aventuriers qui arrive à l'aéroport.

L'activité sur la plate-forme aéroportuaire est toujours aussi faible, un vol est en train de décoller.

Les deux véhicules se garent, Tom descend, se dirige vers le bureau d'accueil à l'entrée, qu'il a précisément fréquenté la veille.

Il rappelle à l'employée qu'il a chartérisé un avion qui doit être sur le tarmac, qu'il a déjà chargé des colis la veille et qu'il doit y ajouter maintenant des passagers malades devant être installés sur des lits de camp arrimés à la carlingue. Il ajoute qu'il doit impérativement obtenir un créneau de décollage avant la fermeture de l'aéroport.

La préposée du bureau appelle un collègue qui ne tarde pas à se présenter.

L'agent de service l'accompagne pour lui montrer par où passer avec ses malades pour se garer au pied de l'avion

Puis il l'emmène dans le bureau où Tom avait déjà rencontré hier les pilotes et le stewart, ceux-ci le saluent d'un « rebonjour » sonore, tandis que Tom leur confie ses documents de vol mis à jour.

Il en profite pour leur demander où est Thierry Galluis qui doit voyager avec eux.

Le commandant de bord lui explique qu'il est arrivé avant midi, qu'il a bien tout vérifié, les antiquités en soute. Puis il a dit qu'il préférait prendre un vol dès que possible pour Le Caire, afin d'arriver à Paris au plus vite, des affaires urgentes nécessitant sa présence au bureau. Il a terminé en disant « Tom se débrouille très bien sans moi »…

Karim s'installe dans le pickup des rescapés et roule jusqu'au pied de l'avion, les autres le rejoignent pour aider au chargement. C'est une vraie fourmilière, tout le monde s'active.

Luc et Silvio ont dégoté deux chaises roulantes dans lesquelles ils installent Rick et Rack qu'ils poussent jusqu'au pied de la passerelle.

En trois quarts d'heure, les deux rescapés ont été installés dans l'avion, ils sont confortablement allongés sur des lits de camp fixés contre la paroi de la carlingue au fond de la cabine, où quelques rangées de sièges ont été retirées car inutiles.

Les pilotes sont arrivés et procèdent déjà aux vérifications d'usage avant décollage. L'avion est un Saab 340 bimoteur à hélice mû par deux turbopropulseurs. Il est visiblement surdimensionné, il fait presque 20 mètres de long et pourrait transporter 25 à 30 passagers.

Il est 21 heures 30, aucun problème pour décoller avant fermeture des pistes.

Tom prend longuement congé de Karim, qu'il remercie vivement pour son aide. Il remercie aussi et salue le chauffeur Abdelkader et les quatre mercenaires Aziz et Tareq, Luc et Silvio.

Toute l'équipe de Karim veut rester à côté de l'avion, et assister à l'envol avant de se replier vers le parking où les deux Land Cruiser sont stationnés.

Cela sent la fin de l'opération « Antiquités en Libye », se dit Tom.

Luc se détache du groupe et s'approche de Tom, qui allait grimper sur la passerelle :

— Alors Tom, prêt à t'envoler ?

— Oui, le vol sera un peu long, les pilotes m'ont dit qu'avec ce coucou qui ne dépasse pas les 500 kms/heure, il nous faudra presque 2 heures !

— C'est quand même bien court, s'étonne Luc, vous n'allez pas à Paris ?

— Non, non, on va à Athènes. J'ai été appelé il y a quelques minutes par le responsable des services français qui va récupérer nos rescapés. Il nous a félicités pour cette opération, il s'est présenté comme « Steve ».

— Oui, un nom de code ! en tant que mercenaire, répond Luc, j'ai eu bien des employeurs, fort différents, et notamment des services français, dans des zones de conflit, tous les agents ont un prénom d'emprunt.

— Tu ne t'appelles pas Luc ?

— Si, si, je ne suis pas ici en opération pour le compte de service spéciaux mais pour toi, sourit Luc.

— Steve m'a indiqué que je devrai prendre un vol Air France pour Roissy. Nos ex-otages seront pris en charge par lui à Athènes et expédiés en avion militaire à la base 107 de

Villacoublay, d'où ils seront transférés dans un hôpital militaire, sans doute Bégin à Saint-Mandé.

— J'ai l'impression que Rick et Rack vont plutôt bien ?

— J'espérais qu'ils récupéreraient plus vite, mais bon cela ne fait que 24 heures que nous sommes avec eux.

— Tu pourras me tenir informé de leur état de santé ? demande Luc

— Disons que… oui, si tu veux, laisse-moi tes coordonnées. Tu sais, moi-même à l'arrivée à Athènes, je vais perdre le contact avec Kevin et Jimmy.

— C'est leur nom de code ? questionne Luc.

— Oui, sourit Tom, bon, je te laisse, je dois encore m'assurer que tout est en ordre.

— Si je puis me permettre, Tom, est-ce que tu m'autorises à aller avec toi vérifier que rien n'est suspect dans l'avion ?

— A vrai dire, ce n'est pas précisément cette inspection-là que je comptais faire.

— Dans mes missions précédentes, et notamment pour les services français, on ne décollait jamais sans une telle vérification !

— Alors, pourquoi pas ? si tu veux, allons-y ensemble.

Ils montent dans l'avion, commencent par le cockpit où ils saluent à nouveau le pilote :

— J'ai appris que notre temps de vol est de près de 2 heures pour Athènes ? dit Tom.

— Oui, répond le commandant de bord en anglais, nous n'allons pas tarder à décoller, dès que vous donnerez le feu vert, et ensuite c'est la tour de contrôle qui décidera en dernier ressort car on attend encore un vol venant d'Alexandrie qui a été retardé au décollage à cause de vents violents. Il aura priorité sur nous le moment venu.

— Nous faisons une dernière vérification de l'avion, ne vous occupez pas de nous.

Le cockpit est vite fouillé, puis c'est la cabine où Luc scrute les allées, les dessous de fauteuils, et enfin le fond où sont les rescapés dans leur lit :
— C'est bon, déclare Luc, vérifions la soute.
— J'ai déjà jeté un œil à la soute, Luc !
— Allons-y quand même.

Ils ressortent, approchent de la soute, un technicien de piste s'est déjà éloigné avec l'échelle, Luc l'interpelle, lui fait signe de revenir avec l'escalier roulant, ce que ce dernier fait de mauvaise grâce.

Karim et ses collègues suivent l'intervention de loin, ils discutent du professionnalisme de Luc en souriant, « il va leur faire rater l'heure de départ » plaisante Aziz.
Silvio, qui a la même expérience professionnelle que Luc, s'approche de l'escalier roulant.
Luc a demandé au technicien de piste de monter et d'ouvrir la porte de la soute. Une fois le technicien debout dans la soute, Luc et Tom grimpent sur l'échelle et entament leur exploration. Le technicien est redescendu, Silvio lui met la main sur l'épaule, « attends qu'ils redescendent, tu refermeras ensuite la porte de la soute ».
Le technicien ronchonne, il n'a pas le temps, il a fini son service, mais la main de Silvio est toujours sur son épaule.

Quelques minutes s'écoulent, on entend à peine le bruit des voix des deux dans la soute, quand soudain un cri étouffé ! Silvio s'inquiète, il empoigne les deux rampes de l'escalier et crie « vous avez besoin d'aide ? ».

Le technicien en profite pour s'esquiver discrètement et finit par courir à grandes enjambées.

Silvio se retourne, par réflexe saisit son pistolet et lui tire dans les jambes. Le type s'écroule en se tortillant. La Sécurité de l'aéroport est alertée, trois policiers arrivent à toute allure dans leur voiturette logotée.

Luc et Tom sont redescendus de la soute après avoir fermé la porte, Luc porte une sorte de boite d'environ 20 centimètres de côté. Il la donne à Silvio, disant à Tom « c'est lui le spécialiste... ». Silvio disparait avec son colis dans un hangar proche.

Tom arbore une mine sombre. Un policier est resté à côté du technicien de piste toujours au sol, les deux autres entourent Luc et Tom, ils veulent des explications :

— Qu'est-ce que vous inspectiez dans la soute ?
— Contrôle de routine, on a fouillé la cabine, et là c'était la soute, tout simplement.
— Mais à la recherche de quoi ?
— De tout colis suspect, par exemple.
— Comme celui que vous avez sorti de la soute ?
— Exactement, rit Luc un peu contraint quand même.
— Où est passé votre collègue qui est parti avec ce paquet ?
— Le voici qui revient, vous allez pouvoir lui demander.

Silvio rejoint le groupe, les policiers l'interrogent :
— J'ai déballé ce colis à l'abri du hangar, c'était une bombe barométrique.
— Quoi ? s'indigne Tom.

— Oui ce colis a été déposé entre le moment où l'avion a atterri hier et maintenant, il ne pouvait pas y être avant.

— Pourquoi ?

— Parce qu'une bombe barométrique explose du fait d'un changement de pression, elle aurait sinon explosé dans le vol précédent, explique Silvio.

— Cela me fait penser que lorsqu'on a chargé les antiquités, des employés de l'aéroport se sont proposés d'aider nos gars et ils sont montés à plusieurs reprises dans la soute.

— C'est une possibilité, sinon c'est le type là-bas par terre.

— À quel moment elle explose ?

— La pressurisation de la cabine correspond à une altitude de 5000 à 8000 pieds, la soute n'est pas pressurisée, si on règle la bombe sur 5000 pieds, la bombe explosera lorsque l'avion atteint cette altitude...et en général c'est la queue de l'appareil qui se détache...précise Luc avec un calme apparent, voire un détachement, tellement le risque, les impondérables, les retournements de situation font partie de son métier.

Tom reste coi :

— Un kilo de Semtex, chuchote Silvio discrètement à Luc mais Tom croit bien avoir entendu.

— Récupéré dans les anciens stocks de Khadafi, ajoute Luc, ce pourrait être la signature des intégristes ?

— Pour l'instant il y a plus urgent, il faut qu'on parte avant que le contrôle de police nous immobilise ici, bredouille Tom.

— Je vous remets le colis désamorcé, pour votre enquête, décide Silvio en tendant sa boite aux policiers qui hésitent à s'en emparer, ce n'est plus du tout dangereux !

— Et faites une enquête parmi le personnel de l'aéroport, surtout parmi les techniciens de piste, déclare Tom qui cherche à les éloigner pour décoller au plus vite.

Tom remercie chaleureusement Luc et Silvio :

— Vous nous avez sauvé la vie, proclame Tom empreint d'émotion.

— C'est aussi un peu notre métier, modère Luc.

Les trois se séparent sur une accolade entre baroudeurs.

Tom fait un grand signe au groupe de Karim et grimpe en vitesse sur la passerelle de l'avion.

Tout le monde est à bord, Tom en profite pour passer un coup de fil rapide à Léa :

— Léa ? c'est Tom.

— Alors, où êtes-vous tous ?

— J'ai racheté les otages à Nasser, l'option Tobrouk n'a pas fonctionné car les miliciens d'Oleg bloquaient les accès au port, nous avons franchi la frontière à dos de dromadaire…et nous sommes prêts à décoller…après avoir retiré la bombe barométrique qui avait été glissée dans la soute !

— Quoi, s'exclame Léa, comment as-tu repéré cette bombe ?

— Une inspection avec Luc, un de mes mercenaires ! tu as une idée de qui a pu préparer cet attentat ?

— Non, mais il n'y a pas trente-six possibilités…

— Non, j'éliminerais Oleg qui a visiblement tenté sa chance avant que nous quittions la Libye, en nous attaquant avec des drones sophistiqués capables de tirer en vol stationnaire, et je ne vois pas les intégristes monter une telle opération…

— Quoique…

— Oui, mais sinon il reste très peu de pistes possibles…

— Euh…je vais voir immédiatement avec mes supérieurs ce que nous pouvons faire, je te tiens au courant, Tom.
— Merci, Léa.

Le vol d'Alexandrie vient enfin d'atterrir, le commandant de bord obtient le feu vert de la tour de contrôle, qui n'est pas encore au courant de l'enquête lancée par la Sécurité, un agent de piste retire la passerelle, le commandant souhaite bon vol, les turbopropulseurs sont lancés, l'avion roule sur le tarmac.

Tom commence enfin à évacuer la pression. Après le décollage, il a le temps d'observer les lumières de Marsa Matruh, plus étendue qu'il ne croyait, puis la nuit profonde enserre l'appareil, dans le bruit des moteurs qui ahanent pour prendre de l'altitude.

Il est installé, seul évidemment, dans la cabine. Il ne cesse de se demander qui a fomenté un tel attentat, que Luc a réussi à empêcher.

La piste des intégristes qui les poursuivaient est la plus plausible, se dit-il, surtout si ces types connaissaient leur destination de Marsa Matruh, ils avaient tous les éléments pour venir faire ce coup-là. Par contre il n'imagine pas trop les miliciens Wagner oser franchir ainsi la frontière pour opérer en Egypte.

Au bout d'une heure, pour se changer les idées, Tom se lève et rend visite aux rescapés, ils dorment, tant mieux.

Le co-pilote vient s'enquérir auprès de Tom de la situation des ex-otages :
— Merci, c'est gentil de votre part, répond Tom, tout va bien.

— C'était votre première visite en Libye ?

— Oui, reconnait Tom pensant en lui-même « tu parles d'une visite ! » et il ajoute : vous êtes Libyen ?

— Oui, c'est un beau pays, une histoire ancienne compliquée.

— Une histoire récente aussi, non ? suggère Tom.

— Certes, mais j'ai quitté mon pays depuis quelques années, j'ai une histoire amusante à vous raconter si vous avez le temps.

— Ah oui, bien sûr, accepte Tom.

— Figurez-vous que la tradition veut qu'au milieu du 4ème siècle avant J-C, pour fixer la limite entre leurs territoires respectifs, les deux cités de Carthage fondée par les Phéniciens et de Cyrène fondée par les Grecs choisirent, plutôt que de se faire la guerre, d'envoyer chacune des coureurs vers l'autre cité, et de fixer la frontière à leur point de rencontre.

— C'est une bonne idée, non ?

— En principe, oui, mais les coureurs se rencontrèrent dans le Golfe de Syrte situé à 500 kilomètres seulement de Cyrène et à plus de 1500 kilomètres de Carthage.

— Il y avait de l'embrouille là-dessous, non ?

— En tout cas, les deux frères Philènes, qui couraient pour Carthage ont été accusés d'avoir triché en partant trop tôt, alors ils acceptèrent de se donner la mort sur place pour prouver leur bonne foi. Un autel fut édifié à cet endroit qui marqua la frontière, toute symbolique, entre les deux contrées. Lors de l'occupation italienne en Libye, Mussolini, pour rappeler cet épisode, fit construire en 1937, à l'endroit supposé de la rencontre, un monument, l'Arco dei Fileni, 30 mètres de haut, en style un peu art déco, que Kadhafi dynamita en 1973.

— Dites donc, ces Philènes, quel panache !

Le co-pilote sourit, Tom le félicite :
— Vous êtes féru d'histoire !
— L'aviation me laisse du temps, j'aime bien me cultiver. Ah je vous laisse, le commandant va commencer la descente.
— Merci de m'avoir changé les idées !

Moins d'une heure plus tard ils sont à l'aéroport Eleftherios Venizélos d'Athènes.
La douane ne s'intéresse pas à Tom qui passe sans encombre, trainant son sac cabine.
Il salue chaleureusement les pilotes, il est minuit passé.

Dans le hall d'arrivée, désert à cette heure, un type grand et mince, la cinquantaine passée, cheveux gris coupés ras, cachant mal sa profession de militaire, se dirige vers Tom :
— Je suis Steve, bonjour Tom.
— Euh…bonjour, bafouille Tom, surpris par ce gars qui ne s'est même pas posé la question d'entamer la discussion par un « Tom Randal, I presume ? ».
— Tout s'est bien passé ?
— Oui, les rescapés sont en bon état.
— Nous allons les prendre en charge, nous avons ici un vol militaire prêt à décoller.
— Et pour les antiquités dans la soute ?
— Je crois que le commis de Bernard Dampierre, Thierry Galluis que vous avez déjà rencontré, a donné des ordres à une société de transport qui doit emballer les antiquités et les livrer à Paris par camion, n'est-ce pas ?
— C'est cela. Pourrais-je vous contacter à l'occasion pour prendre des nouvelles des rescapés ?
— Vous imaginez bien que cela va être difficile…

— Pourtant je devrais vous parler à mon retour à Paris, par exemple à propos de la bombe barométrique qui était camouflée dans la soute de notre vol, des rescapés et de moi-même…
— Quoi ? mais racontez-moi !
— Non, là je dois prendre un vol Air France pour Roissy, mais je pourrais en parler à Paris à vous ou votre supérieur quand même, non ?
— Je…ouui, bien sûr, voici le numéro de téléphone du secrétariat officiel du Ministère des Armées, vous demanderez à parler à…voyons…
— Steve ?
— Euh…non, enfin, oui, je donnerai des instructions, présentez-vous bien sous votre nom de..enfin… habituel, quoi…
— Oui, donc sous le nom de Tintin, par exemple ?

Steve maugrée un peu, Tom en profite pour le planter là, et court se renseigner concernant le premier vol pour Paris.

Le comptoir d'enregistrement n'est pas encore ouvert, Tom va se caler sur un siège-banquette dans la salle d'attente et s'endort, pas bien longtemps, jusqu'à ce que l'hautparleur annonçant l'embarquement de son vol le réveille.
Une nuit glauque, encore une, depuis quand n'a-t-il pas eu une nuit plus calme, ou en tout cas moins pénible ?

Il était temps que sa mission se termine, des images lui repassent par la tête…
Tom repense à Maroun Chehab, qui avait quitté son cher Liban, chassé de chez lui, un érudit, heureusement qu'il a eu une mort paisible.
Dans ses pensées, Tom revoit aussi Sam qui l'avait presque envouté, pour un peu il l'aurait suivie au bout du monde. Si on

ne l'avait pas assassinée, elle, une vraie princesse, l'aurait peut-être accompagné à Paris, ils auraient pu vivre…ah non, c'est vrai, elle aurait retrouvé celui qui l'aimait, l'agent des services de renseignement que Tom a sauvé.

Soudain il sursaute, quelque chose cloche dans cette mission, un sentiment bizarre, comme deux pièces d'un puzzle qui ne s'emboitent pas comme on voudrait, mais trop fatigué il s'abandonne enfin au sommeil.

24

Tom ouvre la porte de son agence en milieu de matinée.

Twiggy effrayée bondit de son siège, puis sourit, « ah mon patron bien-aimé ! quelle surprise, que fais-tu là ?» elle ne sait plus quoi dire :
— Comment vas-tu, sacrée Twiggy ? lance Tom.
— Sans nouvelle, patron, j'étais inquiète, tu me raconteras tes aventures plus tard ? s'accroche Twiggy.
— Bien sûr, veut conclure Tom.
— Tu as eu plein d'appels, le plus urgent semble être la secrétaire d'un type qui s'appellerait « Gaétan », on dirait une blague, mais elle avait l'air très sérieuse, tu dois rappeler dès que possible ; ensuite Thierry Galluis voulait savoir comment tu vas, il avait l'air inquiet …
— Qu'as-tu répondu, Twiggy ?
— Comme tu ne m'avais pas informée du déroulé de ta mission, je lui ai dit que tu me laissais tomber, sourit-elle.
— Ah sacrée Twiggy ! répète Tom avec emphase.

— Et puis Fanny veut faire le point avec toi de la commande que tu as rapportée.
— Bon, alors commençons par ce Gaétan, tu as le numéro ?

Avant même que Twiggy ait le temps de retrouver ce numéro, sans doute sous un des journaux de mode qu'elle consulte avidement, le téléphone de l'agence sonne, numéro masqué ! Tom qui ne supporte pas cette façon d'importuner les gens décroche quand même, on ne sait jamais :
— Monsieur Tom Randal ?
— À qui ai-je affaire ? veuillez vous présenter.
— Je suis la correspondante de… de Gaétan au Ministère des Armées, il…travaille avec Steve que vous avez rencontré à Athènes, vous vous souvenez ?
— Ah oui, j'y suis.
— Il m'a demandé de vous proposer un rendez-vous dès que possible, c'est très urgent.
— De quoi s'agit-il ?
— Un rendez-vous à 10 heures 30 avec Gaétan, il vous attendra au 8ème étage de la Tour Montparnasse, société Locab.
— Mais il est déjà, voyons…10 heures, je suis… rue de l'Odéon et je ne…
— C'est parfait, vous avez tout votre temps, conclut la secrétaire qui raccroche.

Il dévale à toute vitesse l'escalier de son immeuble, court jusqu'à la rue de Rennes, bondit dans un bus qui le dépose tout près de son objectif, du côté de Montparnasse.
Il se perd dans le dédale de l'accès à la Tour, il est 10 heures 29 quand il débouche de l'ascenseur au 8ème étage, face à la porte d'entrée de la société Locab.

Il faut dire, mais vous l'avez compris, que Tom n'aime pas arriver en retard…

La porte s'ouvre dès qu'il a sonné, une secrétaire accorte lui réserve un accueil sympathique, lui indique où se trouve le bureau occupé par Gaétan.

En marchant la vingtaine de mètres jusqu'à cette pièce, Tom comprend que Locab loue des bureaux à la journée, au mois ou même à l'heure…

Tom frappe à la porte, un type grand et mince vient lui ouvrir et le saluer, il l'invite à s'asseoir dans le fauteuil face à lui.

Ce Gaétan a l'air d'une copie conforme de Steve, peut-être une dizaine d'années de plus, toujours le profil d'un militaire de carrière, cheveux coupés en brosse, un visage émacié un peu ridé. Le sérieux englobe toute sa personne y compris bien sûr sa tenue civile stricte. Ce n'est pas avec lui que Tom pourra placer quelques plaisanteries :

— Merci, monsieur Randal, d'avoir accepté ce rendez-vous, je dirais au débotté !

— Je vous en prie, bafouille Tom, notant dans sa tête de vérifier à l'occasion l'origine de cette expression et réfrénant l'envie de répondre « vous étiez dans la cavalerie ? ».

— Je suis le supérieur de …Steve, au nom de notre Maison, je dois vous remercier pour les risques que vous avez pris pour le sauvetage de nos otages, nous avons apprécié votre engagement dans l'action et votre discrétion, je vous félicite.

— Comment vont-ils ?

— Ils ont souffert dans leur chair, mais ils récupèrent vite, leur état s'améliore vraiment bien, les médecins ont très bon espoir de les ramener rapidement à une vie tout à fait normale.

— Est-il possible de leur rendre visite ?

— Ils retrouvent leurs esprits, se souviennent de leur enfer, ils sont à l'hôpital Bégin de Saint-Mandé, ils ont été mis au calme, au 3ème étage avec assistance permanente, j'ai fait mettre deux policiers devant la porte de leur chambre. Pour l'instant je préfèrerais éviter des visites, nous poursuivons leur récupération.
— En fait j'aurais besoin de poser une question à Kevin et Jimmy…c'est bien ainsi qu'ils s'appelaient dans leur mission ?
— Euh…oui ! je ne suis pas censé vous répondre, mais je fais pour vous une exception, la mission étant terminée.
— J'aurais d'autres questions, quémande Tom.
— Moi aussi si vous permettez, demande Gaétan.

Tom reçoit à cet instant un message de Thierry, demandant des nouvelles des ex-otages, où ils se trouvent et quand il peut rencontrer Tom au sujet d'un problème de taille, le dédouanement des antiquités. Malgré Gaétan qui manifeste son impatience, Tom envoie à Thierry l'adresse de l'hôpital des rescapés, et lui propose ce rendez-vous après-demain matin à son agence.

Gaétan, impatient, qui pianote de ses doigts sur la table, relance Tom :
— Une petite question pour vous, mais qui est d'importance pour moi, poursuit Gaétan, que devons-nous penser de votre contact, celui qui vous a appelé à Benghazi, cet Ivan Dikov ?
— Ah Ivan ? répond Tom, qui voit enfin Gaétan sortir du bois, que voulez- vous savoir exactement ?
— Tout, assène Gaétan, faites-moi un rapport comme si vous étiez de la Maison.
— Hum…soupire Tom, lors d'une de mes enquêtes, Ivan a essayé de m'assassiner au moins deux fois avant que nous nous

rencontrions. Lors de cette rencontre, il se trouve que nous nous sommes retrouvés du même côté, plus ou moins, face à un autre interlocuteur, ce qui a créé entre nous une connivence toute temporaire mais réelle. Lorsque mon enquête a été clôturée, je l'ai croisé à mon départ, il a sous-entendu, à mots couverts, que cela ne le dérangerait pas si un jour j'acceptais de travailler pour lui, je n'ai bien sûr pas donné suite, mais pour ne pas couper les ponts il m'a indiqué un numéro de téléphone à l'ambassade de Russie à Paris où je pourrais déposer un message à son attention. Voilà ce que je peux dire, mon général.
— Vous connaissez mon grade ?
— Non, mais il se lit sur votre posture, sourit Tom.

Gaétan arbore péniblement une grimace contrite sur son visage, il est énervé d'avoir répondu si instinctivement à ce freluquet :
— Alors à vous, quelle est votre question ? reprend Gaétan.
— Combien d'agents aviez-vous en poste en Syrie à l'époque où Kevin et Jimmy ont été enlevés ?
— Vous y allez un peu fort, Tom, ces données sont classifiées secret-défense.
— Bon, on ne va pas y arriver…aviez-vous un agent surnommé Fassol parmi vos hommes en Syrie à l'époque ?
— Fassol ? attendez un instant.

Gaétan appelle sa secrétaire au Ministère, la priant de lui envoyer un message avec la liste des agents en Syrie à l'époque de l'enlèvement.

Il reçoit le document sur sa tablette numérique de façon quasi instantanée, le consulte attentivement, « non, pas de Fassol ».

Tom ne renonce pas :

— Pouvez-vous me montrer votre liste ?
— Vous plaisantez ? sourit cette fois le général Gaétan.

Tom soupire, près d'abandonner :
— Gaétan, je suis inquiet, dit Tom sur un ton cérémonieux.
— Oui ? sourit Gaétan, prêt à se moquer de son interlocuteur.
— J'ai rencontré en Libye une femme qui m'a dit avoir écrit au Ministère des Armées pour indiquer la position des otages, elle s'appelait Samantha Khoury, avez-vous copie de sa lettre ?
— Je… je rappelle ma secrétaire.

Tom laisse le général passer son message, quel temps il perd !
Finalement Gaétan reçoit sur sa tablette numérique copie de cette lettre :
— C'est bien celle, demande Tom, qui vous a permis d'envoyer en mission en Libye votre couple bidon d'espions, Léa et Fred ?
— Oui, c'est vrai, mais pourquoi « bidon » ?
— Pour rien, je m'énerve stupidement, bon, cette femme, Samantha Khouri, vous parait-elle digne de votre confiance et de votre gratitude ?
— Oui, bien sûr, confirme Gaétan.
— Cette femme, Samantha, ou bien Sam comme elle se laissait appeler, était la maitresse en Syrie de votre agent Kevin.
— Quoi ? comment savez-vous cela ?
— C'est elle qui me l'a raconté, explique Tom qui bout intérieurement, Kevin l'appelait « Princesse », Jimmy et Kevin étaient à Palmyre en mission, Sam habitait dans la chambre de Kevin. Un agent des services français venait souvent voir Kevin et Jimmy, il parlait sans détour devant Sam qu'il prenait pour

quantité négligeable, Kevin et Jimmy l'avaient surnommé Fassol pour se moquer de lui, mais Sam n'a jamais entendu son vrai nom de code. C'est Fassol qui a envoyé les deux agents à un rendez-vous qui était un piège, ils sont tombés aux mains d'intégristes. Sam a aussi entendu que Fassol parlait de ses contacts avec des Russes. C'est pourquoi j'ai besoin de voir votre liste d'agents en mission à cette époque en Syrie, avec leurs noms de code, pour trouver lequel a été surnommé par dérision « Fassol » dans leurs conversations personnelles !

Gaétan semble quand même un peu ébranlé par ces révélations, il hésite longuement, puis tend à Tom sa tablette sur la quelle apparait la fameuse liste où figurent onze noms de code.

Tom lit, relit, relit encore, quelle blague se cache sous ce nom ?

Gaétan s'impatiente une nouvelle fois, on est bloqué :

— Nous allons en rester là pour ce matin, si des détails vous reviennent en mémoire, appelez ma secrétaire, voici ses coordonnées.

25

Un peu d'air frais fait du bien à Tom après ce contact administratif un peu pénible.
Il a besoin de se changer les idées, il appelle Fanny :
— Comment vas-tu ?
— Très bien, tu as eu mon message par Twiggy ?
— Oui !
— Je voudrais te voir aujourd'hui, car mon patron souhaite t'inviter à dîner avec Twiggy ce soir à propos de ta mission. Dans l'immédiat, rejoins-moi, je suis en train de faire des courses aux Galeries Lafayette, cela te changera des journées que tu viens de vivre, Twiggy m'a appelée et m'a dit que tu étais hyper tendu, viens.

Pourquoi pas, se dit Tom qui prend le métro pour aller rapidement à l'Opéra. Il déniche Fanny dans le grand magasin au rayon mode femmes. Ils s'embrassent et Fanny l'entraine à un stand où elle veut essayer des tenues.

La vendeuse les prend pour un couple qui va se marier, par jeu ils laissent planer le doute, Fanny minaude en essayant différentes tenues, Tom lui donne son avis, juge parfois le tombé d'une robe, effleure son bras ou son épaule, elle frissonne.

Vêtue juste d'une jupe droite qu'elle va choisir et de son soutien-gorge transparent, elle attire un instant Tom dans la cabine d'essayage, lui passe ses bras autour du cou et l'embrasse sur la bouche. Tom émerge de cette cabine comme s'il revenait d'une plongée à…vingt mille lieues sous les mers.

Fanny fait quelques emplettes, Tom lui porte les paquets, il se met à oublier la Libye incandescente.

À la sortie du grand magasin, elle doit le quitter. Elle lui dit de la retrouver à son appartement, rue de Seine, « tu te souviens ? » demande Fanny espiègle ; elle ajoute « à 19 heures précises », on dine avec Bernard dans le quartier.

26

À Saint-Mandé, l'hôpital militaire Bégin, du nom d'un chirurgien militaire de l'Empire, a été construit sous Napoléon III, il a fière allure.

Des bâtiments annexes plus modernes lui furent ajoutés par la suite.

Cet homme qui marche tranquillement au milieu des visiteurs, allant voir un patient, qui pourrait le reconnaitre ? il est grand, massif, vêtu d'un manteau de pluie, coiffé d'une casquette en cuir brun.

Il entre dans le hall d'accueil, sous le regard absent des gardiens qui s'ennuient. De loin il a déjà repéré où se trouvent les ascenseurs pour accéder aux étages. Sans hésiter il traverse le hall et se poste devant la cage d'ascenseur. Quand la porte s'ouvre, il pénètre et appuie sur le bouton du troisième étage, un petit bip retentit, le troisième n'est accessible qu'avec un badge adéquat.

Faisant semblant de s'être trompé, il appuie sur le deuxième, les deux autres visiteurs présents dans l'ascenseur lui adressent un sourire, tout le monde peut se tromper…

Au même moment dans Paris, Tom, qui vient de quitter Fanny, marche, perdu dans ses pensées. Soudain il lui vient une idée, il appelle la secrétaire de Gaétan, elle lui dit, avant même qu'il ait pu parler, que Gaétan est en réunion.

Cela a le don d'énerver Tom, comment la secrétaire peut décider si la réunion est plus importante que ce que Tom pourrait lui dire !

Il lui laisse un message très urgent pour Gaétan : appeler tout de suite Kevin et Jimmy et leur demander, tout simplement, quel était le vrai nom de code de celui qu'ils surnommaient Fassol.

Le message a l'air tellement banal que la secrétaire est confortée dans son idée, on ne va pas déranger le général pour cela !!

L'homme, au deuxième, a déniché la cage d'escalier menant au troisième, qui se dissimulait dans un recoin : un accès non autorisé pour accéder à l'étage supérieur, mais facile à utiliser…Il monte en silence, ouvre délicatement la porte du palier supérieur, personne en vue, le couloir continue à angle droit, il jette furtivement un coup d'œil et aperçoit à une dizaine de mètres deux policiers encadrant la porte d'une chambre.

Il saisit son Glock 9mm muni d'un silencieux et étudie les options qui s'offrent à lui. Attaquer de front comporte des risques, il vaudrait mieux éloigner ces gardes. Au fond de ce couloir, deux brancardiers discutent à côté d'une civière vide. Il tire deux balles qui sifflent sans bruit dans le couloir, les policiers n'identifient pas l'origine des coups de feu mais ils voient les brancardiers qui s'écroulent, l'un notamment sur la civière qui pivote et tombe dans un fracas métallique : c'est suffisant pour que les policiers choisissent le fond du couloir comme la zone à pacifier.

La secrétaire a raccroché, Tom est désespéré, il choisit d'appeler carrément l'hôpital Bégin. Il patiente en musique, ou plutôt il s'impatiente en musique, après de trop longues minutes il obtient le standard qui lui demande d'abord de s'identifier, puis de donner la raison de son appel, ce qui est impossible à expliquer, alors il crie de lui passer le service qui s'occupe des deux blessés du troisième étage. Après une autre attente, le standard lui annonce que personne ne répond et « merci de renouveler votre appel »…

L'homme entre dans la chambre qui n'est pas fermée à clé, dégaine son arme, les deux rescapés sont assis dans leur lit et discutent, ils ont l'air en bonne forme…il les vise tour à tour, instinctivement ces deux professionnels cherchent à éviter ce tir en plongeant comme ils peuvent sur leur côté. Kevin glisse de son lit et s'effondre par terre, Jimmy a été touché en pleine poitrine, il retombe à plat sur son lit.
Voulant achever ses victimes, si besoin est, il va s'approcher des lits quand il entend une cavalcade dans le couloir, il sort à toute allure, voit un des deux policiers, qui venait de se rendre compte de son abandon de poste, lui arriver dessus. Il l'abat à bout portant.

L'autre policier qui était encore occupé à prodiguer des soins aux brancardiers, avec des infirmières venues aider, dégaine son arme et tire sur cet homme, la balle se perd dans le faux-plafond. L'agresseur a atteint sans forcer la cage d'escalier et disparait dans les profondeurs sans être inquiété.

Dans l'énervement qui lui chauffe la tête, Tom a les idées qui bouillonnent, il rappelle la secrétaire du général et lui demande de lui envoyer « à nouveau » la liste qu'elle a transmise ce matin, elle ne fait pas la différence, croyant que cette liste avait été demandée par Tom lui-même au général.

Dans la minute qui suit, elle envoie l'email dont Tom prend connaissance. Il relit la liste, décompose le nom de Fassol, voit un agent au nom de code Rémy, et crie enfin « Euréka », Ré-my Fa-sol quelle blague de potache ! encore faut-il connaitre maintenant le vrai nom de Rémy, et seul le général peut le révéler…

Il rappelle la secrétaire, tente un coup de bluff, fait comme s'il parlait au nom du général et de lui : « il nous faut pour finir l'identité de notre agent, nom de code Rémy ». « Un instant, s'il vous plait, demande-t-elle gentiment, Tom se prête à rêver, pourvu que…

Elle revient au téléphone toute guillerette :

— Oh il n'est plus dans la Maison !

— Ah zut c'était qui ? marmonne benoitement Tom.

— Il s'appelait Thierry Galluis…

— Euh… merci Madame…

27

Le coup de bambou ! Tom est dans la rue, abasourdi, l'enquête semble se compliquer et prendre une tout autre tournure, à l'instant il ne sait plus comment procéder, Thierry serait donc le traitre qui a donné Kevin et Jimmy aux intégristes.

En pleine réflexion, il ne réagit pas tout de suite à la sonnerie de son portable. Sur l'écran s'affiche de nouveau le numéro de la secrétaire de Gaétan, que lui veut-il ? Tom va-t-il se faire « tirer les oreilles » pour sa démarche hardie auprès de sa secrétaire ? il décroche :

— Je vous passe le général, démarre la secrétaire sans formule d'accueil, les choses se gâtent, pense Tom.

— Tom, c'est Gaétan !

— Oui, mon général ?

— Vous avez donc trouvé le traitre, avec l'aide de mon infortunée secrétaire !

— Je suis désolé, mais il y avait urgence.

— Peut-être, je passe sur votre insubordination. J'ai une triste nouvelle à vous annoncer, nos rescapés viennent d'être attaqués dans leur chambre d'hôpital, leur pronostic vital est engagé, à ce qu'on m'a dit.

— Quoi ? c'est terrible, nous étions tellement heureux de les avoir sauvés des griffes de leurs ravisseurs.

— Oui, c'est affreux.

— Vous savez, j'avais un pressentiment, j'ai essayé d'appeler plusieurs fois l'hôpital Bégin, je craignais qu'on les tue pour qu'ils ne parlent pas. Or qui pouvait les tuer sinon celui qui risquait d'être démasqué par eux. C'est pour cela que je voulais leur rendre visite au plus tôt, …vous en avez jugé autrement.

— Vous aviez sans doute raison, soupire Gaétan, conscient de la lourdeur des services qu'il dirige. Je vous appelle précisément pour organiser votre participation à une réunion urgente avec le GIGN qui aura lieu à 14 heures au même endroit que ce matin.

— Euh… il est déjà 13 heures 30… oui, d'accord, je me mets en route.

28

Ils sont trois autour de l'extrémité d'une longue table de conférence. Gaétan, dans sa tenue civile qui ne trompe personne, préside. Tom est à sa droite dans ses vêtements fripés de l'avant-veille. Un type du GIGN, à sa gauche, format costaud version athlétique, habillé en baroudeur civil, s'est présenté comme Renaud.

Gaétan lance les débats :

— L'objectif est de neutraliser l'agresseur de nos agents à Saint-Mandé et également d'arrêter Thierry Galluis, celui qui les a trahis.

— Vous êtes sûr que l'agresseur n'est pas Thierry ? interroge Tom.

— Oui, nous avons déjà analysé les enregistrements de nos caméras vidéo à Bégin, nous avons comparé sa silhouette sur les images vidéo avec les photos que nous avions encore de Thierry Galluis ; cela ne peut pas être lui !

— Auriez-vous une prise de vue de cet homme ? poursuit Tom.

— Oui, voici une photo tirée d'un enregistrement.
— Mais c'est Oleg ! s'écrie Tom.
— Qui cela ? bondissent en même temps Gaétan et Renaud.
— Oleg Kozlov, le chef de la milice Wagner de Benghazi. Il a tué sous nos yeux Salim, le mandataire de mon client, d'une balle dans la nuque, et il a failli faire de même avec mon guide Karim et moi…
— Comment se fait-il qu'il soit là ? se demande Gaétan.
— Je vous résume la situation comme je l'ai reconstituée, explique Tom : Samantha Khouri était la maitresse de votre agent Kevin en Syrie, elle vous a envoyé par email il y a quelques mois la position de la cache des otages. C'est elle qui savait que Kevin et Jimmy appelaient leur collègue « Fassol », celui qui les avait trahis en Syrie.
— Jusque là cela va, intervient Renaud.
— Je pense que Thierry a eu vent de cette information par un contact au sein de vos services, Gaétan.
— Ce serait à vérifier, répond, sévère, le général qui a blanchi.
— Je pense que Thierry travaille pour des services russes.
— C'est probable, juge Gaétan qui verdit.
— Je pense qu'il a assassiné Samantha pour qu'elle ne le dénonce pas, aidé par Oleg. Je pense aussi que c'est Thierry qui a soudoyé un technicien de piste pour glisser dans la soute de notre avion hier un explosif barométrique qui devait nous volatiliser tous, vos agents et moi. Lors d'un dernier contrôle de l'avion avec un des mercenaires de notre groupe, nous avons trouvé cette bombe et l'avons neutralisée.
— Vous avez eu de la chance ! estime Renaud.
— N'ayant pas réussi à tuer dans l'avion vos agents qui pouvaient le dénoncer, Thierry a sans doute fait venir, cette nuit, probablement par un vol du Caire à Paris, le fameux Oleg pour

les liquider dans leur hôpital avant qu'ils ne parlent. Mais dans mes propos, j'ai fait des hypothèses qui seraient à vérifier…

— L'ensemble me parait cohérent, estime Gaétan, je mesure d'autant mieux les risques que tu as…tu permets, Tom, on peut se tutoyer à ce stade, non ? ajoute Gaétan qui fend l'armure, oui, les risques que tu as endurés.

— Merci pour le tutoiement, je déteste d'ailleurs le vouvoiement, reconnait Tom.

— Donc je te tutoie aussi, s'infiltre Renaud avec le sourire, je vais faire vérifier tout de suite les listes de tous les passagers arrivés depuis disons hier soir à Paris venant du Caire.

Pendant que Renaud s'active avec ses bureaux sur ce sujet, Gaétan poursuit avec Tom :

— Où pourrait se trouver Thierry ?

— Je peux citer deux ou trois pistes à explorer, mais d'information précise, non, je n'ai rien.

— Alors ces pistes ?

— D'abord il faudrait repérer le dépôt où il va faire stocker les antiquités acheminées par camion cette nuit depuis Athènes. D'ailleurs le camion n'est sans doute pas encore arrivé, il doit bien parcourir 3.000 kms, il arrivera cette nuit ou demain matin, une place doit être réservée pour ce stockage.

— Bonne idée, admet Gaétan, je vais mettre un agent là-dessus.

— Sinon, tu as déjà dû vérifier si Thierry se trouve à l'une des adresses que nous pouvons avoir, la professionnelle peut-être sur son site commercial ou la personnelle sur ses courriers ?

— Oui, nous avons lancé toutes ces vérifications avec nos collègues de la Sûreté Intérieure, cela n'a rien donné pour l'instant.

— Dernière piste que j'ai pour le moment : c'est Bernard Dampierre. C'est lui qui a choisi Thierry comme coordinateur du voyage en Cyrénaïque, à postériori on peut se dire que c'est plus que bizarre ! car je pense que Thierry a organisé ce voyage pour approcher avant tout le monde les otages qu'il avait trahis et les tuer avant qu'ils ne soient délivrés et qu'ils parlent. C'est aussi la raison pour laquelle Oleg cherchait, comme moi, à atteindre en premier les prisonniers à Ras al Hilal. Maintenant la vraie question est de savoir si Dampierre s'est fait berner, ou s'il était complice de Thierry, ce que je ne crois quand même pas. Je suis invité à diner ce soir par Dampierre et sa secrétaire, j'aurai un entretien avec lui, j'en saurai plus alors.

— Je suis curieux de savoir comment il va réagir à tes questions, Tom ! intervient Gaétan.

— Au fait je viens de me souvenir que Thierry m'a envoyé ce matin un message, quand j'étais avec toi d'ailleurs, pour me demander des nouvelles…

— Par exemple pourquoi l'avion n'avait pas sauté ? plaisante Gaétan pour la première fois de la journée.

— Il voulait me parler d'un problème de dédouanement des antiquités, bizarre, non ? et il m'a aussi confirmé le rendez-vous que je lui avais proposé à mon agence après-demain.

— Non, il faut avancer d'urgence ce rendez-vous, Tom. Propose-lui demain matin tôt, vers 8 heures ou 8 heures 30, demande Gaétan, on ne peut pas le laisser en liberté avec Oleg si longtemps.

À peine Tom a-t-il envoyé le message à Thierry qu'il reçoit la réponse de Thierry, « Ok pour demain matin à 8 heures 30 ».

Renaud, qui s'était assis un peu plus loin pour ne pas gêner, revient tout sourire avec des résultats positifs de ses contacts téléphoniques :

— Oleg Kozlov est arrivé à Roissy très tôt ce matin en provenance du Caire ! j'ai visionné les vidéos de l'aéroport concernant la sortie de ce vol dans l'aérogare, Oleg est accueilli par un grand gaillard...

— C'est Thierry ? crie Tom.

— Oui, ce gars ressemble aux photos qu'on a de Thierry, confirme Renaud, sur une vidéo on les voit monter dans une voiture bleue qui était en double file, on a la marque et la plaque de la voiture, on cherche le propriétaire.

— L'enquête sur le lieu de stockage des antiquités n'a encore rien donné, celle sur les adresses possibles de Thierry non plus, il semble agir « sous les radars », ajoute Gaétan. Il reste Dampierre, pourquoi ne l'appellerais-tu pas carrément maintenant, Tom, avant ton diner de ce soir avec lui, histoire de le sonder tout de suite ?

— Euh...bon, je m'y colle, je vous préviens qu'il risque de trouver ma démarche bizarre. Je vais en plus tomber sur sa secrétaire qui est un peu « vive »...

— Nous comprenons, sourit Renaud...

Tom sort son portable, il a un numéro direct de Bernard Dampierre, on va bien voir... il met le haut-parleur, il n'a pas le choix :

— Allo...

— Ah Tom chéri, tu te languis de moi ? bombarde Fanny, je...

— Non, Fanny, je suis avec des gens qui entendent, j'ai le haut-parleur, s'il te plait, ...

— Ils sont de bonne compagnie ? tu pourras me les présenter ?

— S'il te plait, Fanny, c'est grave, je dois parler d'urgence avec Bernard.

— Ah bien, alors monsieur Randal, je vous passe monsieur Dampierre !

— Allo Tom, c'est Bernard Dampierre, on se voit bien ce soir, n'est-ce pas ?

— Bonjour Bernard, oui avec plaisir, je voulais savoir si vous avez récupéré les antiquités que je vous ai rapportées de Libye.

— Non, pas encore.

— Thierry vous a contacté ?

— Oui, il a convenu avec moi d'un rendez-vous à mon siège social demain à 10 heures pour me donner le dossier du transport avec les documents pour le dédouanement.

— Bernard, une dernière question : d'où connaissez-vous Thierry, et comment l'avez-vous recruté pour cette affaire ?

— Il y a un problème avec Thierry ? s'étonne Bernard.

— Non, Bernard, c'est… hésite Tom jetant un regard à Gaétan et Renaud qui lui font un signe de modération, c'est au cas je serais amené à retravailler avec lui.

— Ah bon, je croyais vous en avoir déjà parlé, en fait c'est un peu confidentiel, n'est-ce pas ?

— Bien sûr, vous pouvez compter sur moi.

— Alors, vous savez, dans les milieux d'affaires, on a de multiples contacts.

— Oui, je comprends, bien sûr.

— J'avais par exemple rencontré un homme d'affaires, Charles Marchetti, qui connaissait beaucoup d'intermédiaires dans le…comment dire ?

— Dans les renseignements ?

— Oui, voilà, comment savez-vous ?

— Je l'ai côtoyé il y a quelques années, je crois…ajoute Tom sous le regard agrandi de Gaétan.

— Ah bien, je l'avais consulté pour recruter un intermédiaire qui saurait se débrouiller dans les pays troublés où je cherche à acheter des antiquités, j'avais déjà bien travaillé en Syrie par exemple, et c'est ainsi que j'ai fait la connaissance de Thierry.

— Ah très bien, veut conclure Tom.

— Et j'ajouterai, fait Bernard devenu intarissable, que c'est Thierry qui m'a mis il y a quelques mois sur la piste de la Libye comme pays où on pouvait encore faire de belles affaires.

— Je comprends, ponctue Tom, je vous retrouve donc ce soir, Bernard ?

— Oui, vers 19 heures 30 ! Bonne journée.

Tom a raccroché, il s'aperçoit que les deux autres le dévisagent avec insistance :

— Tom, tu connais ce Marchetti ?

— Oui, comme je l'ai dit, je l'ai côtoyé dans une affaire il y a deux ans.

— Tu sais qu'il n'est pas trop recommandable ?

— C'est le moins qu'on puisse dire…confirme Tom.

— Dans ses affaires, cela ne le dérange pas de travailler avec des pays qui ne sont pas dans notre camp, précise Gaétan.

— Ce qui m'a frappé, remarque Tom, c'est que Thierry aurait mis Bernard sur la piste de la Libye, et sans doute plus précisément de la Cyrénaïque, il y a environ « quelques mois », une date qui pourrait correspondre à la date à laquelle l'information envoyée par Sam est arrivée au Ministère des Armées…

— Si je lis, intervient Renaud avec un regard aigu, entre les lignes du message que tu veux à nouveau faire passer à Gaétan, il y aurait eu une fuite au profit de Thierry.

— C'est bon, les garçons, bougonne Gaétan, j'ai compris, je m'en occuperai dès que nous aurons réglé ce dossier en cours.

Il s'interrompt pour prendre un appel, Tom se tourne vers Renaud :

— Je crois qu'on a fait le tour des questions pour l'instant, je vais peut-être aller me changer les idées.

— Nous nous revoyons demain matin, nous allons couvrir ton rendez-vous pour qu'il ne t'arrive rien, dit Renaud qui se veut apaisant..

— Volontiers, sourit Tom, à quelle heure veux-tu installer tes hommes ?

— Demain nous serons en place à 7 heures, mais j'ai besoin de faire un repérage cet après-midi, si tu peux m'accompagner ?

— Bien sûr, dès que Gaétan aura terminé sa conversation.

Gaétan a raccroché, il a des nouvelles à leur communiquer :

— Je viens d'avoir une information intéressante : un de nos agents qui était passé voir ses collègues Kevin et Jimmy à Bégin, quelques heures à peine avant l'attaque, a raconté sa conversation avec eux.

— Je t'interromps, Gaétan, excuse-moi, quelles sont les nouvelles de l'état de Kevin et Jimmy ?

— C'est positif, le pronostic vital n'est plus engagé, mais ils ne sont pas encore sortis d'affaire. Jimmy a reçu une balle juste au-dessus du cœur, heureusement elle n'a rien sectionné de trop grave, Kevin va un peu mieux.

— Et donc ton agent t'a appris du neuf ? interroge Tom.

— Oui, il a confirmé qu'ils étaient bien en contact avec Thierry, qu'ils connaissaient sous le nom de Rémy. C'est Thierry qui leur a organisé ce contact, dont ils avaient besoin pour leur mission. Cela devait se passer avec des Russes que Thierry voyait souvent, ou trop souvent…

— C'est cohérent avec la connivence entre Thierry et cet Oleg, ajoute Renaud.

— Au rendez-vous ils ont été cueillis par des intégristes qui les ont capturés, saucissonnés, fourgués dans deux malles en osier, conclut Gaétan.

— Bien, je te laisse, Gaétan, je vais aller montrer mon agence à Renaud pour qu'il puisse préparer la mise en place de demain matin à 7 heures.

— Un point important ! intervient Renaud, est-ce que nous pouvons considérer que Thierry ne pense pas avoir été démasqué ?

— À priori oui, il ne peut pas savoir que nous l'avons identifié comme l'instigateur de tous ces meurtres, estime Gaétan.

— Dans ce cas nous devrions pouvoir le piéger plus facilement, espère Renaud.

— Peut-être, mais nous avons vu qu'il a souvent un coup d'avance, la prudence reste de mise, conseille Tom.

— Je suis bien d'accord, alors à plus tard, termine Gaétan.

En sortant avec Renaud, Tom reçoit un nouveau coup de fil, surprise : c'est Karim :

— Je te dérange ? demande l'ancien guide tunisien.

— Non, je vais à une réunion, mais dis-moi comment tu vas ?

— Bien, merci, je voulais juste t'informer que j'ai vu il y a une heure le chef de la police de Shahat. Il m'a raconté ce qui s'est passé avec Samantha : elle a été attaquée par deux types, l'un l'a violée, l'autre l'a tuée d'un coup de poignard, à la gorge.

— Hamza m'avait déjà dit cela, mais est-ce que l'enquête a progressé ? murmure Tom sous le coup de l'émotion.

— Des témoins ont dit avoir vu entrer Thierry et le milicien Oleg… c'est tout, je voulais vraiment que tu le saches.

— C'est… merci , Karim, mais c'est terrible.

— Je sais que tu t'entendais bien avec elle, oui.

— Merci Karim, j'ai beaucoup apprécié ton aide dans cette enquête, on reste en contact, si tu veux bien, mais là je dois te laisser.

— D'accord Tom ! content d'avoir fait ta connaissance, au revoir !

29

Quand elle voit entrer Tom, Twiggy se lève pour l'accueillir avec joie, mais elle aperçoit derrière lui un grand costaud, la quarantaine athlétique, elle se retient…
— Encore moi, Twiggy !
— Deux fois dans la même journée ! je vais prendre un billet de loto.
— Je te présente Renaud, qui vient repérer les lieux.
— Ah bon ? je fais partie des lieux maintenant ? balance-t-elle avec un sourire aguicheur vers Renaud.
— Bon, soyons sérieux un instant, recadre Tom, j'ai une visite demain matin à 8 heure 30, je ne sais pas exactement qui va se présenter, sans doute Thierry, mais ce n'est pas sûr, Renaud va poster un garde ici dans l'agence.

Tom fait visiter à Renaud l'agence, les deux pièces et le petit débarras, c'est fait rapidement. Renaud sort sur le palier, inspecte l'escalier, jette un œil vers l'étage au-dessus, revient, contourne le bureau de Twiggy qui minaude, s'approche de la fenêtre qu'il ouvre, « vous avez des bouffées de chaleur, Renaud ? » s'étonne-t-elle, Renaud revient à la porte, fait mine d'entrer et cherche, du regard, à travers la fenêtre quelle est la fenêtre sur la façade de l'autre côté de la rue qui est en droite ligne, il la repère par rapport à l'étage et à la position de l'entrée de cet immeuble :

— Tom, tu connais quelqu'un en face ?
— Non, pas du tout.
— Moi, oui, glisse Twiggy toujours à l'écoute.
— Ah ? Twiggy, tu pourrais me dire qui ?
— Oui, la dame du deuxième, Marie Dufour, elle est très gentille.
— Je peux aller la voir de ta part ?
— Bien sûr.

Renaud convient avec Tom qu'il a vu ce qui était nécessaire pour lui-même, il va se renseigner en face chez cette dame, pour savoir s'il peut poster un tireur d'élite demain à 7 heures à sa fenêtre.

Tom, un peu estomaqué, répond « pourquoi pas ? ». « Si je ne te rappelle pas, c'est qu'elle est d'accord, à demain, Tom » conclut Renaud avant de se fendre, en sortant, d'un « à bientôt chère Twiggy » qui la fait rougir.

Renaud traverse la rue, entre dans l'immeuble d'en face, monte au deuxième étage, sans s'apercevoir qu'il est suivi…

30

Une fois Renaud parti, Twiggy profite d'être seule avec Tom pour discuter sans entraves :

— Beau gosse, ce Renaud quand même !

— Je croyais que tu avais toujours ton commissaire de Saint Sulpice à tes ordres.

— L'un n'empêche pas l'autre…soupire cette sacrée Twiggy.

— Demain matin ce serait mieux que tu ne viennes pas, cela pourrait être dangereux.

— Réellement ?

— Oui, il y a un risque.

— Et tu crois que je vais te laisser seul ? pas question, je serai là, à quelle heure est ton rendez-vous ?

— 8 heures 30, c'est Thierry qui est censé venir, mais il fréquente en ce moment un tueur russe qui vient souvent à sa place faire la conversation avec son pistolet.

— Je serai là, ne t'inquiète pas, Tom.

— Je capitule…

— Au fait tu ne m'as pas parlé de tes amours en Libye !
— Rien, nichts, nada.
— Je ne te crois pas.
— Bon, j'ai rencontré une fille splendide, une princesse….
— Tu vois !
— Oui, des yeux de feu, une Libanaise incandescente, mais elle était déjà amoureuse d'un autre type.
— Pauvre Tom, par contre il me semble que tu as fricoté avec ma copine Fanny, tu n'as pas oublié que nous sommes invités à diner ce soir par Bernard et Fanny.
— Cela me fait penser qu'elle m'a dit de passer chez elle avant le diner, je vais y aller, à plus tard.

En sortant rue de l'Odéon, il reçoit un appel de Gaétan :
— Tom, j'ai l'adresse du dépôt du transporteur, l'emplacement réservé par Thierry pour les antiquités a été annulé ce matin, alors que la cargaison est en route. L'histoire ne dit pas si elle va vraiment arriver à Paris ou bien si Thierry l'a fait expédier ailleurs…
— C'est curieux, et pour ses adresses personnelles, du nouveau ?
— J'ai envoyé des hommes enquêter discrètement, son domicile est apparemment inoccupé, voire vide, ils sont entrés en catimini…
— Ni vu ni connu, sourit Tom.
— Oui, bon, on est bien obligé ! son bureau dans un immeuble abritant beaucoup de sociétés est tout aussi vide, cela sent le départ. Il me parait donc capital, s'il fait l'erreur de te rendre visite, de ne pas le laisser s'échapper.
— C'est clair, la question est de savoir s'il vient demain matin discuter ou…tirer.

— Je crois que s'il vient seul, ce sera pour discuter, de quoi ? je ne sais pas. Mais il ferait une erreur, aucune discussion en face à face ne vaut la peine si l'on se met volontairement à la merci d'un adversaire. S'il est accompagné, c'est pour tuer, mais les hommes de Renaud auront le doigt sur la détente dès qu'il pénètre dans ton immeuble.

— Je suis d'accord avec toi. Ceci dit, il a rendez-vous avec Dampierre à son siège social à 10 heures, tu crois que c'est un rendez-vous qu'il compte aussi honorer, avec les mêmes options ?

— Non, dans un endroit public comme le siège social d'une entreprise, il n'aurait aucune chance de ressortir vivant, donc il viendrait pour discuter, sans doute des antiquités. C'est un programme bizarre. S'il vient chez toi pour te tirer dessus, il ne pourra pas honorer la visite à Dampierre…

— Bon, je vois Dampierre ce soir, s'il y a du nouveau je t'enverrai un message, à plus tard.

31

Il se fait tard, Tom est rentré chez lui, rue Servandoni, prendre une douche et se changer pour être présentable face à Dampierre, son client.

Il a même enfilé une chemise bleu clair et une veste de velours, le tout sur un éternel pantalon de toile, il se sent frais et essaie d'oublier ce qui se trame pour demain matin.

Il est presque l'heure de passer voir Fanny, comme elle le lui avait demandé. Dans l'escalier il ne croise même pas madame Farida qui doit s'informer dans sa loge des nouvelles du monde.

Une fois dehors il se dirige vers la place Saint Sulpice, où le peintre Servandoni, qui a bien voulu donner son nom à sa rue, avait fait un projet de place semi-circulaire pour servir d'accompagnement à la façade de l'église.

Les rues sont déjà pleines de touristes, on se bouscule, on s'apostrophe.

Tranquillement il poursuit vers la rue de Seine, jusqu'à l'immeuble de Fanny.

Il sonne, elle ouvre tout de suite. Il grimpe les deux étages et entre, la porte étant ouverte, il appelle « Fanny ? », « Fanny, c'est le loup-garou ! ».

Fanny déboule de sa salle de bain, vêtue pour ainsi dire d'un caraco blanc court qui peine à couvrir son pubis rasé. Un sein s'est échappé du caraco, « il caracole ! » pense Tom qui s'approche à pas de loup en souriant, « mais tu es déjà habillée pour sortir » ajoute-t-il avec un regard enjôleur.

Elle reprend le contrôle de la situation, se colle contre lui et l'embrasse. Puis elle lui enlève sa veste, sa chemise, déboutonne son pantalon, c'est comme un cyclone qui tournoie autour de lui. En quelques secondes il se retrouve nu, une chaussette ayant échappé à la force de cette tornade.

Fanny a dû faire du judo car elle fait facilement perdre l'équilibre à Tom qui tombe doucement sur l'épais tapis du salon, il essaie de se rattraper au caraco qui ne résiste pas, les deux seins émoustillés se précipitent hors de leur prison de soie.

Elle est sur lui et crie « baise-moi », ils sont devenus ce cyclone : un vrai festival de positions acrobatiques, des cris joyeux, des souffles rauques, un coup de pied involontaire qui fait tomber une chaise, des baisers sur tout le corps, des mains qui explorent et virevoltent, jusqu'à satiété…

Un peu plus tard, chacun reprend son souffle, les vêtements de Tom jonchent le sol, le caraco a perdu une bretelle, « je ne mettrai ce soir ni caraco ni soutien-gorge, je dirai que c'est de ta faute », éclate de rire Fanny. « Tant qu'à faire, ne mets pas de slip » propose Tom. « C'est bon, je mets une robe légère, sans rien en-dessous, j'ouvre quelques boutons en haut et quelques-uns en bas, pour que tu puisses voir » triomphe Fanny debout nue au-dessus de lui, du sperme lui coulant sur la cuisse.

Elle jette un œil à sa montre, s'aperçoit qu'il faut se presser :
— Je fonce m'habiller, on est en retard, dit-elle.
— Au fait, où allons-nous diner ? je dois en informer Twiggy.
— C'est un restaurant argentin, rue Dauphine, une belle ambiance, des viandes délicieuses, un vin que j'adore, du Malbec de la région de Salta, tu aimeras.

Tandis que Fanny disparait dans la salle d'eau, Tom appelle Twiggy et lui donne l'adresse du restaurant :
— Tu es avec Fanny en ce moment ? questionne Twiggy.
— Oui, on se retrouve au restaurant, d'accord ?
— Et Dampierre aussi, il y va directement ?
— Je pense que oui, alors à plus tard.

Tom s'habille, se rafistole, passe ses mains dans ses cheveux pour se coiffer, époussète quelques brins de laine du tapis sur sa veste :
— Fanny, tu m'entends ?
— Oui, je t'écoute, répond-elle depuis sa salle d'eau.
— Bernard va directement au restaurant ?
— Euh…je ne sais plus, tu m'as tourné la tête, je crois que…

La sonnette a retenti !
— Je dois faire quoi, Fanny ? qui cela peut-il être ?
— Bernard à coup sûr ! ouvre-lui !!
— Mais toi ?
— Je finis de m'habiller…
— Fanny… !

La sonnerie insiste.

Tom bondit à la porte, appuie sur le bouton d'ouverture de la porte de l'immeuble, il entrouvre celle de l'appartement de Fanny, il sursaute !!! Bernard est déjà devant lui, à la porte de l'appartement :

— Ah c'est vous, Tom ?

— Euh…oui, je suis venu en avance, Fanny finit de se préparer.

— Vous êtes élégant aujourd'hui, veste de velours et…

— Fanny m'a dit que vous nous invitiez à diner, je tenais à vous faire honneur, bafouille Tom qui en lui-même pense qu'il a déjà honoré Fanny.

C'est là qu'elle sort complètement nue de la salle d'eau, nue mais maquillée :

— Tournez-vous, les garçons, je dois chercher ma robe dans le salon.

Bernard, en rigolant, et Tom, bien à regret, se tournent d'un même mouvement vers la porte d'entrée ; « je ne la croyais pas si prude » s'esclaffe Bernard.

Quelques secondes plus tard, Fanny a revêtu une superbe robe rouge assez courte, à boutons, en soie, qui dessine à merveille sa chute de reins et ses deux seins arrogants de volupté. Visiblement aucun sous-vêtement ne vient entraver la liberté des fesses ou des seins. Tom est en apnée depuis un moment, il en devient rouge, « ça va, mon gars ? » sourit Bernard en balançant une grande tape dans le dos de Tom.

Fanny s'approche des deux hommes :

— Au fait, Bernard, tu lui as dit pourquoi on les invite ?

— Non, pas encore, si tu veux le dire, vas-y !

— Nous vous invitons parce que Bernard m'a demandé en mariage, j'ai bien sûr accepté et nous nous marions civilement demain à 11 heures à la mairie du 6ème, n'est-ce pas fantastique, Tom ?

Tom reste sans voix, pense à la séance sur le tapis, il doit dire rapidement quelque chose :
— Mais c'est magnifique, quelle heureuse surprise, toutes mes félicitations, Bernard je peux embrasser la future mariée ?
— Bien sûr, Tom, cela va lui faire plaisir.

Sous les yeux joyeux de Bernard, Tom s'avance vers Fanny, la serre dans ses bras, elle colle discrètement seins et pubis contre sa poitrine et son ventre, il cherche sa joue gauche, elle fait mine de tourner un peu la tête et du coup Tom écrase son baiser sur le coin de la bouche de Fanny. Il vérifie que Bernard n'a rien à redire, il entame la bise du côté droit en visant plutôt près de l'oreille qu'il embrasse stupidement car Fanny vient de jeter un regard amoureux à Bernard en tournant la tête.

La confusion règne, Fanny prend les choses en main, si l'on peut dire, puisque cela a déjà été fait, et donne le signal du départ.

32

Fanny a fait sensation en entrant dans le restaurant argentin, où se retrouvent souvent des joueurs de polo, des footballeurs, des sportifs, des Argentins, bref du sang chaud que la robe de soie à peine boutonnée ne pouvait pas laisser indifférents.

Le patron a calmé ce début d'émeute joyeuse et conduit Bernard et ses invités à leur table au rez-de-chaussée.

Au passage ils avaient récupéré Twiggy installée au bar entre deux costauds, qui lui avaient déjà proposé plusieurs plans au choix pour la soirée, voire la nuit. Après avoir bu trois cocktails, un investissement des costauds en gage d'une soirée détendue, Twiggy avait le regard qui virevoltait, passant de l'un à l'autre, et elle en était à devoir annoncer que ne pouvant choisir elle prendrait les deux.

Bien sûr l'arrivée de Tom a jeté un froid, Twiggy s'éclipsant au bras de Tom sous les regards noirs des deux rugbymen.

Les tables à l'étage peuvent paraitre plus agréables, spacieuses, mais celles en bas permettent de côtoyer une clientèle animée et festive installée au bar.

De plus on est assis sur des tabourets hauts, les jambes devant chercher appui sur une barre parfois un peu basse.

C'est ainsi que lorsque Fanny s'assoit, sa robe remonte sur le haut de ses cuisses, si bien que la vision du pubis rasé est bien plus facile à observer que dans le cas de Sharon dans Basic Instinct.

L'attroupement qui se forme à l'extrémité du bar indique d'ailleurs le meilleur angle pour admirer…

Après avoir commandé empanadas, parillas, frites maison et Malbec, Bernard aborde le sujet qui l'intéresse :
— Tom, qu'en est-il de la livraison de mes antiquités ?
— Je ne sais pas, Thierry doit s'en occuper.
— Dois-je être inquiet ?
— Non, pas du tout, les antiquités devraient être demain dans cet entrepôt d'Aubervilliers dans la matinée et les papiers de dédouanement dans votre poche par la même occasion.
— Vous pensez que Thierry honorera le rendez-vous fixé avec moi demain matin à mon bureau ?
— Je n'ai pas d'information qui mettrait en doute ce rendez-vous ! vous-même souhaitez-vous ajouter un élément à la discussion que nous avons eue cet après-midi au téléphone ?
— Je crois vous avoir tout dit à son sujet, mais je le trouve un peu mystérieux, c'est sûr.

Pour Tom il n'y a pas lieu d'hésiter, il ne peut pas divulguer toutes les informations dont il dispose, c'est trop risqué pour la suite de l'enquête. Il change de registre, s'efforce d'être enjoué et propose de trinquer au bonheur des futurs jeunes époux :
— Jeune, jeune, Tom, moitié jeune seulement, bredouille Bernard que le Malbec embrouille un peu.

— Nous essaierons d'assister à votre mariage, si notre rendez-vous est terminé. De votre côté vous voyez Thierry à 10 heures, vous espérez donc être à la mairie à 11 heures ?

— Bien sûr, nous n'avons pas grand-chose à débattre, si Thierry a tout préparé, cela se fera en dix minutes.

— Tant mieux, abonde Tom qui n'en croit pas un mot.

En fin de repas Bernard commande un taxi, « on vous dépose ? demande-t-il à Tom et Twiggy, « non, nous allons marcher, pour digérer après cet excellent repas, encore merci Bernard !

Le taxi arrivé bloque la circulation, Bernard bondit à l'intérieur « tu viens ? » crie-t-il à Fanny. « Je dis bonsoir, j'arrive » dit-elle avec une bise à Twiggy, mais avec Tom elle prend son temps, elle le plaque contre la voiture, Bernard ne peut rien voir, par contre Twiggy est juste à côté d'eux, Fanny ne se gêne pas d'embrasser goulûment Tom qui se laisse faire…

Le taxi part, une main fait au revoir par la vitre, Twiggy est estomaquée par le culot de Fanny, elle jette un œil à Tom qui lui prend le bras, sans un mot, ils s'élancent dans la rue Dauphine.

Arrivés au carrefour de l'Odéon, ils s'arrêtent un instant :

— Tu fais quoi ? questionne Tom.

— Euh…je peux venir dormir chez toi ? comme demain matin il faut être à 7 heures au bureau…ce serait plus pratique, minaude-t-elle.

— Ton mari n'est pas là ?

— Il est en voyage à Lourdes avec sa paroisse.

— Mais alors c'est un vrai miracle, tu peux passer la nuit chez moi ! sourit Tom.

Il fait noir dans la chambre, ils se sont couchés après avoir fait lentement l'amour, Twiggy lui tient la main :

— Tu sais, je n'aime pas te voir prendre autant de risques dans tes enquêtes, chaque fois tu échappes à une tentative d'assassinat, chuchote-t-elle dans l'obscurité.

— Je ne le fais pas exprès, j'ai autant peur que toi…

— Tu te souviens de la première fois que nous nous sommes rencontrés ? demande Twiggy en se blottissant contre lui.

— Comment oublier ? sourit Tom.

— Dis-moi, avant le diner tu as baisé avec Fanny ?

— Euh…oui.

— Cela se voyait sur ta figure…sourit Twiggy.

— Comment cela ? tu plaisantes !

— Bon, tu es quand même gonflé de faire cela juste avant le diner où ils nous annoncent leur mariage.

— Mais ce n'est pas moi ! on a d'abord baisé, elle est partie se maquiller, Bernard est arrivé, heureusement j'étais rhabillé, et là ils m'ont annoncé leur mariage, tu connais quand même ta copine, tu sais de quoi elle est capable. Cette histoire de mariage arrive comme un cheveu sur la soupe, j'ai de la peine à y croire.

— Un jour elle m'a dit que Bernard cherchait à vendre sa société, je ne sais pas pourquoi, c'est peut-être lié ?

— Bon, on verra, il vaudrait mieux dormir, on se lève à 6 heures, cela risque d'être chaud.

— Bonne nuit, patron.

— Ah Twiggy !!

33

Le réveil fait sursauter Tom, Twiggy reste profondément endormie.

Il se lève, prépare un café, coupe quelques tartines, vient secouer Twiggy qui émerge lentement.

Il ouvre les rideaux, une lumière épuisée se faufile dans la pièce. Il s'habille d'un jean et d'un pull sur un t-shirt.

Twiggy arrive en baillant, elle doit remettre sa tenue de la veille au restaurant, une jolie robe courte, « tu vas faire ton effet au bureau ! » sourit Tom. Elle grignote deux tartines, se brûle le palais avec le café.

« Allez, on y va » lance Tom, « on va être en avance, comme d'habitude avec toi, Tom » grince Twiggy.

Dans l'escalier, ils croisent madame Farida, déjà au travail à balayer les marches :

— Bonjour Monsieur Tom, vous êtes bien matinal.

— Bonjour Madame Farida, oui, nous devons être au bureau tôt ce matin.

— Et bonjour Mademoiselle ! Monsieur Tom vous avez une bien belle jeune fille avec vous !

— C'est ma collègue de travail, elle habite en banlieue, c'était plus pratique de dormir ici, vu qu'on travaille tôt, n'est-ce pas ?

— Vous avez bien raison, Monsieur Tom, il faut que jeunesse se passe.

— Bonne journée, Madame Farida.

— Bonne journée, Monsieur Tom, à vous aussi Mademoiselle.

En dix minutes dans les rues désertes, ils arrivent rue de l'Odéon, c'est vrai, ils ont un quart d'heure d'avance sur l'horaire prévu.

Au passage, place de l'Odéon, Tom compte trois voitures bleues :

— Pourquoi comptes-tu ces voitures ?

— Je suis idiot, c'est un réflexe, hier lors de la réunion avec Gaétan et Renaud, ils ont dit avoir repéré la voiture bleue de Thierry sur une vidéo, et depuis je compte toutes les voitures bleues que je vois.

— Tu es quand même un peu spécial, patron !

— Sans doute, mais si j'avais connu le numéro d'immatriculation de la voiture de Thierry, je serais allé vérifier les plaques de ces trois voitures…, grimace Tom.

Au moment d'entrer dans l'immeuble, Tom voit une personne sortir d'une camionnette, il sursaute, la matinée commence fort ! mais ce n'est que Renaud qui le rejoint tout sourire.

Ce dernier est en tenue de travail, casquette noire, blouson siglé GIGN et pantalon de toile bleu marine sur des chaussures tout-terrain :

— Salut Tom, puisque tu es déjà là, je vais positionner mes six hommes : deux restent dans la voiture là-bas pour bloquer la sortie de ton immeuble si nécessaire. Le tireur d'élite, Jérémie, va dans l'immeuble en face, à la fenêtre repérée hier, avec l'accord de madame Dufour. Deux autres dans l'escalier à l'étage au-dessus du tien, et le dernier ira dans ton agence tout au fond.

— Et toi, Renaud ?

— Je pense que je serai dans l'escalier, au-dessus de ton palier, on verra, toute l'équipe sera reliée par radio.

— Parfait, nous montons ouvrir le bureau.

Twiggy s'installe à sa table de travail, Tom a laissé pour le moment la porte d'entrée ouverte, Renaud arrive avec un collègue, Charly, et va le placer au fond du bureau de Tom à côté du petit cagibi.

Tom ouvre en grand la fenêtre de la pièce où Twiggy est assise, « ouh là, tu refroidis la pièce, Tom ! », Tom répond qu'il n'a pas le choix, il en profite pour voir si le tireur d'en face est déjà en place, mais non, pas pour l'instant.

Les hommes de Renaud sont en place, sauf le tireur d'en face. Par radio il contacte Jack, un de ses deux agents postés dans la voiture. Il lui ordonne d'aller dans l'immeuble en face voir si leur tireur a pu être accueilli par la dame qui a cette fenêtre pile en face de la porte d'entrée de l'agence de Tom.

Du bureau de Twiggy, Tom et Renaud voient l'agent du GIGN entrer dans l'immeuble, en contact radio avec Renaud :

— Tu es entré, c'est bon, Jack ?
— Oui chef, je prends l'escalier, c'est bien au deuxième ?
— Oui, sur la sonnette c'est marqué Dufour Marie.
— J'arrive sur le palier, il y a …quoi ? balbutie Jack.
— Que se passe-t-il, Jack ?
— Jérémie est au sol, alerte, il y a …

Un bruit de coup de feu assourdi par un silencieux ! la communication avec Jack est coupée.

Bon sang, se dit Renaud, sans doute deux hommes à terre, il appelle toute l'équipe :

— Venez tous avec moi au pied de l'immeuble d'en face, tous sauf Charly qui reste avec Tom dans son bureau. Vincent, en descendant du troisième, donne une arme de poing à Tom au cas où !

L'affaire tourne au vinaigre, Renaud appelle carrément une deuxième équipe du GIGN en renfort et lui demande de venir bloquer les deux extrémités de la rue de l'Odéon et de surveiller les entrées des deux immeubles.

Avec ses trois hommes libres, il se lance sans attendre dans l'immeuble d'en face, il poste un homme devant l'ascenseur et avec les deux autres entreprend la montée dans l'escalier.

Ils arrivent sans problème sur le palier du premier étage. Tout est silencieux, juste un râle, venant du palier au-dessus.

Renaud s'arrête un instant et s'alarme : l'entrée de l'immeuble de Tom n'est plus gardée, les agresseurs sont sans doute deux, un c'est sûr, c'est Oleg, sinon deux avec Thierry qui n'est pas manchot. Trois ? Renaud n'y croit pas, ils n'auraient pas eu le temps de recruter quelqu'un de fiable.

Donc il y en a un, au deuxième étage, mais où est l'autre ? damned ! Renaud rebrousse chemin avec ses hommes, il poste en embuscade dans le hall d'entrée l'agent qui était devant l'ascenseur et un des deux qui étaient avec lui. Deux hommes hors de combat au deuxième étage de l'immeuble face à celui de Tom, deux autres maintenant en embuscade dans le hall d'entrée de ce même immeuble, un avec Tom dans son agence, il ne reste plus qu'un agent avec lui !

Il sort à toute allure de l'immeuble « d'en face » avec son agent. Il peste, il s'est fait avoir, les agresseurs se sont positionnés encore plus tôt que lui ce matin ! il avait déjà un coup de retard au départ…et maintenant il comprend trop tard que l'entrée de l'immeuble de Tom n'est plus gardée !
Car pendant ce temps dans l'immeuble de Tom, une silhouette s'est faufilée dans l'entrée et a commencé à gravir l'escalier.

Tom a suivi le fiasco de Renaud en face, grâce à la radio de Charly, le seul agent resté avec lui, il a compris que l'entrée de son propre immeuble n'était plus gardée, il connait Oleg, il sait ce dont il est capable.

L'étau se resserre. Tom demande à Charly s'il peut donner une arme à Twiggy, « oui, j'ai un Glock 9mm en plus, si tu veux » propose Charly.
Tom prend l'arme et entreprend un cours de formation rapide pour Twiggy :
— Non, mais tu es fou, Tom ! je ne sais pas faire cela.
— Je t'explique, on n'a pas beaucoup de temps.

Malgré la réticence de Twiggy, Tom lui met l'arme entre les mains, engage une balle dans le canon en tirant la culasse en arrière, lui montre comment viser, les deux bras tendus, les mains fermes sur le Glock, « imagine que tu veux donner à l'agresseur la balle qui est dans le canon, tu tends les bras, tu pointes le canon vers l'agresseur, tu lui dis « voici une balle » et tu appuies là, sur la détente ».

Puis Tom lui fait poser l'arme devant son ordinateur, cachée pour quelqu'un qui pénètrerait dans l'agence.

Tom revient vers Charly, lui demande de se positionner en embuscade sur le palier, « tu as encore une autre arme ? », « oui bien sûr ».

Avant de sortir, Charly l'avertit que Renaud sort de l'immeuble d'en face avec un agent et vient les retrouver. Il repousse la porte de l'agence.

Oui, mais…

Oleg est déjà au premier étage, engagé vers le palier du deuxième étage, tapi dans l'ombre il voit sortir Charly, Charly qui hésite un instant à choisir le meilleur endroit pour se positionner par rapport à la porte d'entrée de l'agence, mais il n'a plus besoin d'hésiter, Oleg l'abat d'un tir à quatre mètres et d'une balle dans la poitrine. Tom perçoit le bruit du corps de Charly qui tombe sur le palier.

Le voisin de palier, un râleur « invertébré », sort de chez lui et crie « mais c'est quoi ce bordel, vous vous croyez où ? ».

Lui au moins a le temps de finir sa phrase avant qu'Oleg, qui n'a pas trop compris où le voisin voulait en venir, l'asperge d'une rafale bruyante ; le voisin étant célibataire, son appartement va être libre à la relocation…La rafale d'Oleg, quant à elle, a remplacé le réveille-matin pour les voisins…

Tom se tourne vers Twiggy, « tu te souviens de ma leçon, Twiggy chérie ? », « c'est malin de plaisanter maintenant, Tom, tu es fou ! je crois que je vais m'évanouir ».

La porte d'entrée s'ouvre lentement, quelle erreur est en train de faire Oleg ? se dit Tom, car la porte comporte une partie haute translucide qui ne cache pas sa silhouette.

Tom tire sur cette ombre derrière la porte, la vitre vole en éclats, la porte endommagée est violemment poussée en avant, Oleg apparait, un peu sonné par le bruit et les éclats de verre.

Tom pointe son arme sur lui. On entend aussi dans l'escalier une cavalcade qui fait hésiter Oleg un instant.

Twiggy a levé ses deux bras en l'air, elle a dû voir cela dans un film, braquage d'une épicerie peut-être, puis les rabaisse vers Oleg.

Ces mouvements ont distrait Oleg qui fixe à nouveau Tom du regard. Tom n'a pas osé tirer.

Les deux entendent une petite voix sortie de nulle part, enfin si, du bureau de Twiggy, qui dit « voici une balle, Oleg » suivie d'un énorme coup de feu.

Oleg est projeté en arrière, Tom le vise en pleine tête. Il s'effondre, mort, au pied de la porte.

Twiggy énervée s'écrie : « quand même toutes ces enquêtes qui finissent avec la vitre de la porte d'entrée cassée ! c'est trop ! », elle est en train de craquer.

« Ce n'est pas fini, Twiggy, il reste Thierry ! » prévient Tom.

Renaud et son agent arrivent à l'instant pour découvrir Charly sur le palier et Oleg dans l'entrée, sans compter le voisin sur le palier aussi.

Dans l'immeuble d'en face un des agents appelle : « Renaud, de Jérémie, c'est bon, j'ai abattu ce Thierry, mon collègue est juste blessé », puis cela grésille, la communication est interrompue.

Renaud souffle, les agresseurs sont neutralisés, il veut faire tout de suite le point des blessés, il appelle déjà une ambulance.

Dans l'immeuble d'en face il déplore sans doute un mort, le tireur d'élite, Jérémie. Sur le même palier Jack n'est sans doute que blessé et dans le hall, sans doute un blessé aussi ; chez Tom, Charly est en mauvais état.

L'ambulance arrive, un mort et trois blessés dont un sérieux, on appelle une deuxième ambulance.

Twiggy est restée, les bras tendus crispés sur le pistolet qu'elle serre toujours droit devant elle. Heureusement l'écran de son ordinateur lui cache le cadavre d'Oleg. Tom s'approche d'elle, essaie de lui retirer l'arme des mains. Un doigt, difficile de dire à qui il appartient, appuie à nouveau sur la détente, une balle part dans un fracas assourdissant, elle rase le sol, traverse le palier et s'écrase sur la porte du voisin de palier.

Twiggy lâche enfin son arme, Tom essuie rapidement les empreintes de Twiggy et décide de garder pour l'instant l'arme sur lui.

Twiggy tremble toujours, il craint qu'elle ne fasse une crise de nerf, alors il lui recommande d'appeler son Bruno Dacourt, le commissaire de Saint Sulpice, « il a du travail à faire ici ! ».

Un grand cri sur le palier, c'est Renaud !:
— Tu es blessé, s'écrie Tom.
— Non, je viens de réaliser, le gars qui m'a appelé à l'instant a dit « Renaud, de Jérémie », mais Jérémie c'est le tireur d'élite que Jack, envoyé sur les lieux, a déclaré mort avant d'être lui-même touché.
— Et donc ? dit Tom, un peu perdu dans tous ces prénoms.
— Donc le gars qui m'a appelé n'était pas Jérémie, je crains fort … et si c'était…Thierry ?
— Alors il faut foncer de l'autre côté ! lance Tom.

La deuxième équipe GIGN sollicitée par Renaud est déjà en position, les extrémités de la rue sont bloquées, les agents surveillent les entrées. Tous ont la même tenue, pantalon de combat et chemise bleu marine, cagoule et blouson, gilet pare-balle et casque.

À l'extrémité sud de la rue, côté place de l'Odéon, un petit homme en civil accompagné de deux policiers parlemente avec les agents du GIGN pour pénétrer dans la rue.

Les riverains sont cloitrés dans leur immeuble le temps de l'intervention, les seuls dans la rue sont bien les hommes du GIGN, ils sont environ une douzaine, éparpillés.

L'agent en tenue qui sort de l'immeuble d'en face n'a donc aucune raison d'alerter qui que ce soit. Pourtant ses chaussures de ville sont loin d'être règlementaires, son pantalon un peu court laisse apparaitre brièvement des chaussettes claires. Tout le monde a le nez en l'air, personne ne regarde par terre…

Il se dirige vers la place de l'Odéon, traverse le barrage filtrant du GIGN, fait un petit geste du genre « je reviens tout de suite », frôle le commissaire Dacourt qui s'époumone « on m'attend, je dois voir le détective Tom Randal », tourne au coin de la rue Racine, direction boulevard Saint -Michel. Au passage il se débarrasse de son blouson siglé GIGN dans une poubelle.

Dans le même temps Renaud a découvert dans l'immeuble d'en face deux blessés au sol dans le hall d'entrée, dans l'escalier un agent mort la gorge tranchée, et sur le palier du deuxième le fameux Jérémie, ex-tireur d'élite, mort et son collègue Jack, sévèrement blessé, son gilet pare-balle l'ayant quand même protégé.
Et pas de Thierry !
Mais le corps de Jérémie est en chemise et caleçon !
Renaud redescend à toute allure, rejoint Tom devant l'immeuble, « Thierry s'est échappé, il a revêtu la tenue GIGN de Jérémie ! ».

Tom s'écrie qu'il a vu un type cagoulé avec des chaussures de ville passer sur la place de l'Odéon, il y a cinq minutes à peine.
Renaud veut s'élancer à sa poursuite, « Thierry doit déjà être loin » lui dit Tom, mais il décide d'envoyer tout de même trois hommes à sa poursuite.

Il est catastrophé, son équipe est entièrement décimée, il compte deux morts et quatre blessés dont un grave, heureusement le pronostic vital n'est pas engagé, a dit le médecin de l'ambulance.

À une trentaine de mètres Dacourt fait des grands gestes, crie, Tom l'aperçoit et fait signe aux agents de le laisser passer.

Le commissaire Bruno Dacourt, celui que Twiggy appelle « Minou », est arrivé sur le palier de l'agence, il enjambe le corps du voisin qui voulait présenter à Tom ses doléances, puis jette un œil interloqué à ce tapis sanguinolent et ces corps pantelants, Oleg et Charly :

— Bon , il y a d'abord ces deux gars par terre, avec ici une Kalashnikov, me semble-t-il ?

— C'est exact, confirme Twiggy qui reprend du poil de la bête.

— Tu peux me résumer ce qui s'est passé ? tu sais que je dois faire un rapport, ma grande.

— Bruno, c'est un peu compliqué : ce grand gaillard-là était, j'imagine, un client de l'agence, il venait régler ce qu'il devait à Tom, c'est là que le petit maigre en costume noir est arrivé derrière, ils ont eu une altercation et se sont tirés dessus, Thierry, lui, …

— Qui est Thierry ?

— Mais enfin écoute, mon Bruno, cela ne peut être que le grand blond par terre, donc il voit arriver une troisième personne, c'est le voisin de palier qui devient, comment vous dites ? victime collatérale…

— Je croyais que ce …Thierry avait déjà tué le… ?

— Disons qu'ils se sont entre-tués, voilà !

— Et ? demande Bruno qui sent bien que Twiggy est en train de dérailler, proche de la crise de nerfs.

— Et quoi ? rien, on ne sait rien de plus, n'est-ce pas ? mais tu as de quoi faire ton rapport, Bruno !

— Bon, les gars, dit Bruno en s'adressant à ses hommes, allez me chercher les sacs pour emballer ces deux lascars et les emporter ensuite.

— Excusez-moi d'intervenir, commissaire, intervient Renaud qui arrive avec Tom sur le palier, le petit maigre n'est pas mort, c'est un de mes hommes du GIGN, nous allons l'emmener en ambulance.

— Ah si vous préférez, d'accord.

— Et l'autre est un dangereux espion étranger que nous devons examiner attentivement, ajoute Renaud, cela vous évitera du travail.

— Mais chef, intervient Robert, un policier de Bruno un peu plus tatillon qui cherche peut-être de l'avancement, il faut d'abord faire les relevés de trajectoires de tous les projectiles par rapport aux cadavres, voir qui a tiré et où, il y en a partout, les locaux sont truffés d'impacts, les murs, même les plafonds, la porte-fenêtre n'en parlons pas, toute cassée aussi.

— Ne vous inquiétez pas, nos hommes du GIGN s'en chargeront, rassure Renaud.

— Tom, s'inquiète Twiggy toujours encore un peu à l'ouest, à propos de ce que dit Robert, ton assurance couvre-t-elle les dégâts de Kalashnikovs ?

— Écoutez tous, capitule Renaud épuisé d'écouter cet embrouillamini, ce site est entièrement sous notre responsabilité, nous emportons ces corps et ferons les rapports d'usage.

L'agence a été vidée de ses corps, les voisins ont tous défilé tranquillement devant la porte d'entrée, faisant tous les commentaires appropriés. Certains ont même pris des photos de la porte vitrée fracassée, sans doute pour leur album de famille.

Twiggy a commandé au menuisier de la rue de l'Odéon une nouvelle vitre, « alors comme la dernière fois, ma petite dame ? et je fixe une planche en attendant ? », « oui, oui, s'il vous plait ».

Un policier a été laissé en faction sur le seuil de l'entrée des bureaux avec l'accord de Renaud. Bruno Dacourt et Twiggy partent échanger leurs impressions à la terrasse de la Taverne, au bout de la rue de l'Odéon, devant une bonne bière.

Renaud est venu chercher Tom, les deux hommes sont allés discuter dans la rue toujours vide de passants :
— Il nous a échappé, mes hommes ne l'ont pas trouvé, s'inquiète Renaud.
— Au moins Oleg est déjà neutralisé, se rassure Tom.
— Mais Thierry est aussi dangereux, il ne faut pas le sous-estimer.
— Normalement il a un rendez-vous avec Bernard, précise Tom, je ne sais pas pourquoi il y irait, mais c'est notre dernière chance de le rattraper s'il y va.
— Alors on y fonce, c'est où ? questionne Renaud.
— Au siège social d'Apollonia, la société de Dampierre, rue de Courcelles, il faut traverser Paris, prenons un de tes véhicules avec gyrophare, emmène juste deux tireurs d'élite et deux agents avec pistolet-mitrailleur, et aussi des boucliers pare-balle. On y court !
— Ok, Tom, juste pour info, au GIGN, les agents sont tous tireurs d'élite.
— Ah bon, parfait, réplique Tom qui se projette déjà rue de Courcelles…

34

La rue de Courcelles est éclairée façon gyrophares, ils se garent en double file, la circulation est bloquée, les klaxons des automobilistes à l'arrêt scandent la mesure. Les équipes du GIGN débarquent, Tom et Renaud en tête, envahissent le hall d'accueil, où la réceptionniste de l'immeuble, yeux écarquillés, bégaie déjà :

— Apo... Apollonia, premier étage !
— Escalier ? balance Tom.
— Là, là ...derrière, bafouille-t-elle.

Tom et les cinq du GIGN équipés de leur barda courent à l'escalier, grimpent au premier en un temps record, débouchent dans un autre hall d'accueil, celui de la société où la secrétaire d'accueil veut faire barrage :

— C'est urgent, crie Tom, Dampierre est en danger, quelqu'un vient-il d'arriver pour le voir ?
— Oui, il y a quelques minutes, il ...
— C'est par où ?

— Mais vous avez rendez… ?
— Non, c'est une question de vie ou de mort !
— Je…je vous accompagne ?
— Non, c'est où ?
— Là, au fond du couloir, la porte…

Le groupe court vers le fond du couloir.
Une porte en bois précieux marque l'entrée vers les hautes sphères de décision.
Renaud ouvre doucement, cela débouche sur une sorte de salle d'attente avec un bureau dans un coin où…
— Ciel, c'est Fanny ! crie Tom, tandis qu'une balle siffle à l'oreille de Renaud.

Repli instantané du groupe, on déploie les gros boucliers, on s'abrite, les deux tireurs d'élite déballent leur fusil Accuracy AW, les deux autres arment leur pistolet-mitrailleur HK MP5, Renaud et ses quatre hommes ont toujours en plus leur arme de poing Sig Sauer P228. Cliquetis, ambiance magasin d'armurerie…

Tom jette un œil prudent, ils ont surpris Thierry, à cinq mètres d'eux, qui tient à la gorge Fanny contre lui. Il appuie un pistolet sur la tempe de la secrétaire. La porte d'accès au bureau de Bernard Dampierre, sans doute fermée à clé, est à deux ou trois mètres d'eux, une distance impossible à franchir à découvert, Thierry est piégé...

Tom questionne rapidement Renaud :
— Si tes tireurs lui tirent dans la tête, est-il possible que, je ne sais pas, par réflexe, Thierry tire quand même une balle dans la tempe de Fanny ?

— Je ne crois pas, mais ce n'est pas exclu, par exemple si, voyant les tireurs prêts et lui se sentant perdu il tire instinctivement sur Fanny, disons que c'est un risque. De plus tu vois qu'il se protège derrière elle, sa tête est très peu visible.

Tom réfléchit à toutes sortes d'options. Puis il explique à Renaud que sa priorité absolue est de préserver Fanny.
Connaissant Thierry pour l'avoir déjà côtoyé, il veut essayer de lui faire un peu perdre ses moyens, par exemple lui faire faire un geste avec le bras qui tient le pistolet, à ce moment-là il décollerait l'arme de la tête de Fanny, et les tireurs auraient une seconde pour l'ajuster. Renaud sceptique avoue qu'il n'a pas mieux pour l'instant, mais qu'il va expliquer aux deux tireurs ce qu'on attend d'eux.

Les consignes données, Tom, s'adresse à Thierry :
— Thierry, rends-toi !
— Vous feriez mieux de tous déguerpir !
— Sinon, tu sais que tu ne sortiras pas vivant de cette pièce.
— Alors la secrétaire non plus ! c'est elle qui s'appelle Fanny ? tu te souviens, Tom, on s'est vu tous les trois sur le stand d'Apollonia, c'était il y a un siècle.
— Et c'est moi que tu voulais tuer ce matin avec Oleg ?
— Vous l'avez eu ?
— Oui.
— Paix à son âme.
— Si tu veux, Thierry, je sors de ma protection de boucliers, je viens vers toi sans arme, et tu me remets paisiblement la tienne, tu seras vivant et prêt à entamer une deuxième vie.
— Tu es cinglé, Tom.

— Non, je viens, Thierry ! crie Tom qui de la main donne le signal à Renaud. Celui-transmet l'ordre à ses deux tireurs : soyez prêts !

Remue-ménage dans les boucliers, au milieu un passage s'est ouvert, toujours façon Mer Rouge, les deux tireurs d'élite, calés chacun d'un côté de Tom, visent la cible toujours cachée derrière Fanny.
Tom fait un pas, s'avance, se dégage de la zone des boucliers, les mains écartées, paumes ouvertes, « je viens, Thierry ».
« Tu crois au père Noël, idiot » crie Thierry qui dégage son bras tenant son pistolet.
Ce bras vient pointer Tom, mais Thierry est déjà mort, les tireurs ont ajusté leur cible dès que le bras a quitté la tempe de Fanny.
Thierry s'écroule à terre, Fanny aussi qui s'est évanouie, couverte du sang de Thierry.
Tom s'est arrêté, les bras ballants, cherche à reprendre son souffle.
Les deux autres agents bondissent sur Thierry et s'assurent qu'il est bien mort. Renaud s'approche de Fanny, il la tient dans ses bras, son visage reprend des couleurs, elle lui bafouille « je suis vivante ? », Renaud lui sourit, « oui, grâce à Tom ».

Tom va frapper à la porte du bureau de Dampierre :
— Bernard, c'est Tom, vous êtes là ? tout va bien ? Thierry est hors de combat.

Après quelques secondes, la porte s'entrouvre, Tom aperçoit Bernard, blanc comme un linge, qui le fixe sans dire un mot :
— C'est terminé, Bernard, tout va bien, Fanny est sauve.

— Vous êtes sûr ?
— Oui, nous sommes ici avec le GIGN, Thierry est mort.
— Vraiment ?
— Absolument, Bernard, racontez-moi ce qui s'est passé.
— Je ne sais plus bien… Fanny m'a crié qu'elle venait de recevoir un appel de la secrétaire de l'accueil… Elle disait qu'un fou armé avait forcé le passage et se dirigeait vers mon bureau, j'ai fermé immédiatement ma porte blindée à clé… Fanny est venue tambouriner à ma porte, je ne savais plus quoi faire, mon dieu, je n'ai pas osé…lui ouvrir…bafouille Bernard qui craque submergé par sa propre lâcheté.

35

Tom a félicité et remercié les hommes du GIGN, « je suis en vie grâce à vous », il a aussi reçu un appel de Gaétan qui l'a remercié pour son aide.

Bernard et Fanny, bien que sains et saufs, ont préféré décaler leur mariage à un peu plus tard…

Twiggy s'est attardée avec son commissaire, Bruno Dacourt, elle attend des nouvelles de Tom, encore rien pour l'instant.

Tom subit le contrecoup de tous les évènements de ces derniers jours.

Déjà hier il voulait le faire : « retrouver » Sam, d'une façon ou d'une autre.

Tom est assis sur une chaise de la cathédrale Notre Dame du Liban de la rue d'Ulm, au milieu de la nef silencieuse, le calme des lieux le rassure, l'apaise. Il ferme les yeux, il entend Sam, les paroles qu'ils ont échangées, il la voit dans les ruines de Cyrène, lovée sur son canapé, à l'enterrement de Maroun, au poste de douane de la frontière, elle lui sourit...

Il n'a pas su la protéger, il s'en veut.

Quelqu'un s'est approché de lui, une dame un peu âgée, vers qui il lève son visage aux yeux humides, elle lui chuchote « je peux faire quelque chose pour vous ? »...

— Je vous remercie, je pense à une amie que j'ai perdue.
— Qui était libanaise ?
— Oui.
— Si vous avez besoin de parler, je suis installée à côté de l'entrée du foyer, je m'occupe de l'Association des Maronites de Paris.
— Je vous remercie.

Elle s'éloigne.

Tom repart en pensée en Libye, il vole au-dessus des ruines de Cyrène, Sam sourit, il fait beau, tout est silence.

Tous mes remerciements vont
à

Annick
pour ses relectures

Michel et Olivier
pour leur disponibilité et leur précieuse aide technique

et bien sûr

Al Oural…